내 안의 행복

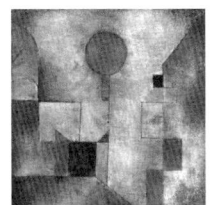

국립중앙도서관 출판시도서목록(CIP)

내 안의 행복 : 이창규 수필집 / 지은이: 이창규. -- 서울
: 선우미디어, 2013
p. ; cm

ISBN 978-89-5658-352-5 03810 : ₩12000

한국 현대 수필[韓國現代隨筆]

814.7-KDC5
895.745-DDC21 CIP2013012416

내 안의 행복

1판 1쇄 발행 | 2013년 8월 5일

지은이 | 이창규
발행인 | 이선우
펴낸곳 | 도서출판 선우미디어

등록 | 1997. 8. 7 제300-1997-148호
110-070 서울시 종로구 내수동 75 용비어천가 1435호
☎ 2272-3351, 3352 팩스: 2272-5540
sunwoome@hanmail.net
Printed in Korea ⓒ 2013. 이창규

값 12,000원

ISBN 978-89-5658-352-5 03810

내 안의 행복

이창규 수필집

선우미디어

책머리에

　내 인생의 주인은 나이기에 나의 행복은 내가 빚어야 했다. 내 안의 행복을 위해 아이들 곁에서 수많은 날들을 동심으로 살아오면서 환상의 다리를 건너다니며 자연과 은밀하게 이야기를 나눈 동시와 동화문학 속에서 판타지(Fantasy) 세상을 저서로 하여 아동문학을 꽃피워 놓았다.

　이제 자아정체성을 찾아 삶의 보람을 용기로 성실하게 일함으로써 자아성찰의 좌우명을 삼았다.

　'어두운 곳에서도 자신에게 거짓말을 하지 않는다.'

　이러한 현실성, 상상력이 나의 실상과 인성을 보여 주려는 일념으로 내 인생을 담을 수 있는 마지막 그릇 하나를 만들기에 이르렀던 것이다.

　내 안의 가치로운 의식과 생각 속에서 금싸라기를 골라 성찰과 삶의 흔적을 차곡차곡 비밀 창고에 쌓아서 『내 안의 행복』이라는 이름으로 나에게는 소중했던 역정과 작은 감동까지 버리지 아니하고 담아내었다.

비록 소품에 지나지 않으나 장거리 선수로 달려 온 역정을 일련의 라이프사이클(Life cycle)에 기록하여 트리플인생(Triple life)을 가꾸어 나가리라.

그래서 지금은 나에게 이 한 권의 책과 감동의 음악과 위안의 차 한 잔이면 족한 삶이리라 여긴다.

삶의 역정을 굽이굽이에서 지켜 봐 주신 부산교통 조옥환 사장님과 이 원고를 숙성시켜 주신 정목일 한국수필가협회 이사장님께 인사드립니다.

끝까지 『내 안의 행복』을 다듬어 주신 선우미디어 이선우 대표께도 감사드립니다.

2013년 8월
김해 율하 서재에서 우봉 이 창규

| 차례 |

2부 | 미국 나들이

3부 | 동백꽃 첫인상

4부 | 라이프사이클 디자인

내 안의 행복

쌍둥이 섬

쌍둥이 섬은 아무리 둘러보아도 바다와 하늘뿐이다.

이름 그대로 머리와 꼬리만 보이는 섬 두미도(頭尾島)는 통영에서 북서쪽으로 21마일 떨어져 있는, 바다 가운데 외롭게 떠 있는 섬이다.

이월에서 삼월쯤에 만개하는 동백꽃이 지천으로 피어있는 동백 숲을 바라 볼 수 있는 섬, 이맘때면 두남(頭南) 부락은 붉게 타는 모습으로 겨울을 보낸다.

통영의 북서쪽 거친 파도와 북풍을 몸으로 막아선 두미도는 두 개의 작은 섬을 품에 안고 있다. 그 섬은 쌍둥이 섬으로 동백섬이라고도 부른다. 섬 학교 가까이에 있는 동백섬은 자연보호를 위해 학생들이 담당하여 연을 맺게 되었다. 이 섬 마을에는 50여 호가 살며 학교는 복식학급으로 운영하여 두 개 학년이 한 교실에서 공부하고 있다. 그러니 한 분의 선생님이 두 개 학년을 동시에 가르치는 학습이 이루어진다. 마치 쌍둥이를 기르는 격이다.

두 아이를 동시에 기르자니 자연 양육에 문제가 따르기 마련이다. 공평한 사랑, 한 아이의 영양부족, 두 아이의 성격 차이 등 이러한 난제들이 복식교육의 문제점이요 어려움이다.

건강한 어머니 아니고는 건강한 쌍둥이 양육이 어려운데, 건강한 어머니가 되려면 영양을 많이 섭취해야 하고 활동도 많을 수밖에 없다. 그러나 건강한 어머니가 되기 위한 조건은 바다가 주는 정서가 전부다.

노도가 부딪치는 동백 그늘과 창만 열면 수평선에 얹어놓은 돛단배가 활처럼 퉁겨진 채로 달리는 모습에서 삶에 대한 도전을 배운다. 밤새도록 모래알의 울음소리, 시원한 파도소리에 시름을 달래다가 미소 짓는 등대가 살아가는 길을 안내해 주는 것 같아 답답했던 마음에 큰 위로가 되는 곳이다.

동백 숲 사이로 솔 바람소리 그치면 눈가에 은백색 고리무늬가 아름다운 동박새의 노랫소리 들리고, 동백꽃으로 서성이는 이 바닷가에서 양차 공의 시가 그리워진다.

봄을 붙잡으려거든
꽃만 머물라 말게
꽃이 늙고 보면
봄바람도 따라가는 것을

쌍둥이 동백섬은 봄 바다가 그렇게 좋다. 겨울바다를 좋아하는 시인이나 예술가, 철학자가 오지 않아도 좋은 섬이다. 섬 학교 쌍둥이 학급 학생들이 곁에 있기 때문이다.

이렇듯 봄을 맞는 동백섬은 쌍둥이 학급 아이들로 오늘도 깨끗하고 아름다운 섬으로 있을 것이다. 나는 그런 까닭에 젊음을 몇 잔의 막걸리로 소일할 수 없었고, 무감각한 낚시로 해를 보낼 수 없었다. 이 섬에서 나는 정직하지 못한 수단가보다 미련하고 융통성 없더라도 성실한 사람이 더욱 쓸모가 있다는 것을 깨달았다.

도시에서는 한 학급 지도도 어렵다고 야단인데, 한 반에 두 개 학년이 쌍둥이처럼 들어있는 복식학급. 할 일 또한 얼마나 많은가! 실제 경험하지 않고는 그 번거로움과 노력은 말로 표현할 수 없다.

그런 가운데서 쌍둥이 학급 어린이들이 행복하게 자랄 수 있었던 것은 바다 같은 큰 꿈과 동백꽃 같은 사랑과 쌍둥이 섬 같은 이웃이 있었기에 가능했다. 뿐만 아니라 쌍둥이 동백섬은 철 따라 아름다운 동백꽃과 깨끗한 바닷물로 늘 즐거움을 주었다.

그 즐거움이 보람으로 영글던 쌍둥이 섬을 생각하며 낙도에서의 젊음을 되돌려 보았다.

삼청(三淸) 고향의 정

혈혈단신으로 정든 고향 산청(山淸)을 떠나 타향에서 살아가지만 나는 진정한 산청 사람이다.

때때로 산청을 드나들고 고향을 사랑한다. 그곳은 내 어린 시절이 있고, 선산이 있고, 부모가 있고, 꿈을 다짐하던 곳이다. 그렇기에 고향 하늘만 바라보아도 가슴이 뭉클하다.

산청에 살고 있다거나 몸 붙이고 있는 것만으로는 산청사람이라는 개념정립을 할 수는 없다. 고향을 생각하고 산청을 사랑하는 사람만이 진정한 산청인이다. 비록 타향에 살고 있다 해도 산청을 가꾸는 일이나 발전에 관심을 갖고 있다거나 산청을 사랑하는 사람, 그런 사람은 산청의 얼을 지녔기 때문이다.

고향 산청(山淸)은 예부터 물이 맑고, 산이 푸르고, 사람이 깨끗하여 세 가지가 밝고 맑다고 하여 깨끗한 삼청(三淸)의 고장으로 유명하다. 물이 맑고 산이 푸르니 인심이 곱고, 인정이 많을 수밖에 없다.

그리하여 더욱 사랑하는 마음을 가눌 길이 없다. 물이 맑을 뿐 아니라 계곡마다 넘쳐흘러 물이 많고, 산이 푸를 뿐 아니라 높은 산도 많고, 사람들이 어질 뿐 아니라 인물도 많이 난다는 삼다(三多)의 고장이며 그 어느 곳보다 경관이 아름다운 곳이다. '돌, 바람, 여자'의 삼다(三多)인 제주와는 다른 의미의 삼다이다. 『택리지』에는 우리나라 인물의 반은 영남에 있고, 그 반은 영남 우도 산청을 중심으로 한다고 했다. 한양에서 남쪽으로 보아 낙동강 오른쪽이 영남 우도요, 왼쪽을 좌도라 하였다.

산청을 적시고 흐르는 물이 너무 깨끗하여 거울 같다는 이름의 경호강(鏡湖江)이 동맥처럼 흐르고 있다. 물이 맑아 사람들이 어질고 순하되 때로는 물처럼 강하게 살아가는 것도 물을 닮아서이다. 산이 좋고 산세가 좋아 인물도 많이 났다. 산의 정기를 받아 인물이 나고, 그 인물은 출세한다고 하였다.

많은 옛 인물들은 두고라도 조식 남명 선생이 이곳 산청에 머물렀던 이유는 산수가 수려하고 깨끗하기 때문이었다. 제자들도 많아 맑고 밝은 마음으로 일생 동안 가르칠 수 있었던 곳이 산청이었다. 특히 산음을 중심으로 허준과 유의태의 한방의학이 역사적 조명을 받고 있다. 국가에서는 산청군을 한방의학 특과 지역으로 정하고, 한방의과대학 유치 운동으로 지속적인 발전을 전제로 하고 있는 약속의 고장이기도 하다.

이러한 역사적 배경과 자연환경으로 에워싸인 호암골은 웅석봉을 뒤에 두고 발전해왔다 해도 과언이 아니다. 전 권경석 부지사, 국회의원 권영길 대표, 부산교통 조옥환 사장, 태웅 허용도 대표이사, 수산사업가 김호용 회장, 최병렬 한나라당 대표, 권철현 산청 군수 등의 인물들이 나온 것은 물처럼 깨끗하게 살아 왔기에 어지러운 세상에 물들지 않은 것이다. 이 시대를 살아가는 깨끗한 인물로 남을 수 있게 되었고, 고향의 사랑을 듬뿍 받게 된 것이다. 모두가 아름다운 고향 산청을 사랑했기 때문이다.

물은 평등성을 가지고 있다. 산은 물을 낮은 곳으로 흐를 수 있게 힘을 주어 평등한 성질을 갖게 한다. 못 가진 자, 힘없는 자, 불우한 자를 배려하는 것이다. 바꿔 말하면 '평등'이다. 권리도 평등, 의무도 평등, 양성도 평등, 이 평등이야말로 서민들을 살맛나게 하는 청량제이다. 맑은 물과 힘 있는 산을 닮은 인물이 의외로 많은 고장이 산청이다.

효(孝)를 확대하면 충(忠)이 되는 이치로, 평등은 배려하는 것이다. 물의 질서 앞에 인간은 고개를 끄떡일 수밖에 없다. 받으려고 하는 것보다 베풀 줄 아는 사람이 훌륭한 사람이다. '엎질러진 물'이란 속담이 말해 주듯, 사람을 다룰 때에는 물처럼 실수는 용서하지 못한다. 실언은 수정이라도 할 수 있지만, 엎질러진 물은 원상회복이 안 되는 것임을 가르쳐 준다. 산청인은 밤낮을 가리지 않고 끊임 없이 흐르는 물같이 한 번 마음먹은 일은 해내고야 마는 투지력과 노력으로 물의 교훈을 실천한 사람들이다. 이들의 집념과 투지는 타의 추종을 불허하였다.

백두대간의 정기가 산줄기마다 모인 산청 고을, 그래서 산은 더욱 푸름을 더해 웅장하다. 아름다운 산세에서 오늘의 인물이 계속 배출되고 있는 것이다. 산의 정기가 산줄기 끝부분 쪽에 많다는 원리를 배경으로 하면, 백두대간의 제일인 지리산 큰 줄기가 웅석봉에 와서 머문다. 웅석봉 아래 마을이 산청이요, 좁히면 호암 고을이다. 우리나라 3당 중 2당의 당수가 이 고을에서 났다는 데에 더 큰 의미가 있다.

양심 선언한 어느 정치가가 말하기를 한국의 영향력은 대통령이 제일 크고 다음이 당대표라고 하는데, 산청에서 그 당대표가 두 명이나 나왔다는 것은 우연히 아니다.

모든 군민이 산청을 사랑하고 있지만, 이분들이 있기에 우리 고향 산청이 빛나는 것이다. 많은 인재들이 우리 앞에 나서서 산청 고을을 위해 내일의 등불을 켜고 있어 산청의 내일이 바라보이는 듯하다.

고향을 지키는 분이나 타향에 있는 사람들 모두 고향을 기리고 있는데, 이들은 타향에서도 고향을 지키는 마음으로 산다. 이들은 연줄 풀어서 보낸 마음만큼 고향 둘레를 맴돈다. 고향을 향한 마음은 어제도 오늘도 변함이 없을 것이다.

천성산 도롱뇽

온 산이 단풍으로 채색되는 날에는 외출을 하고 싶다.

먼 곳으로 이사 간 단짝 친구가 생각나기도 하고, 그리운 이가 보고 싶어 괜히 가슴이 설렌다. 오늘은 김해평야를 벗어나 황금 물결이 출렁이는 영덕 포항선을 달리다가 보경사 단풍과 세계문화엑스포가 열리는 경주를 생각하며 울산 천성산을 찾기로 하였다.

해발 922m의 '천성산'은 봄에는 철쭉이 4km에 걸쳐 피는데 계곡에서 산정까지 이르며, 천성산의 생태는 생명의 존엄성 그 자체가 되었다 해도 과언이 아닌 산이다.

이 가을에 그런 천성산을 소요하며 대자연에 취해보게 될 것이다. 도롱뇽 한 마리가 지켜낸 선성산은 주변의 자연을 아우르고 남음이 있었다. 자연은 영혼을 정화해 주는 힘이 있어 따뜻함을 주고 평화스러움과 차분한 정서를 안겨 주듯 천성산은 생명의 소중함을 느끼게 해 주었다. 도롱뇽의 생명이 아직은 푸른 천성산의 심심산골에서 깊은 이끼 향을 만나 자연의 풍광을 만들어 오고 있었다. 구름이 건너고 푸른 바람이 빗질하며 넘나드는 천성산, 그 아름다움에 취해 도롱뇽도 자는가보다.

이 산은 원효대사가 천 명의 대중을 이끌고 89암자를 건립하고, 화엄경을 설법하여 천명 대중을 모두 득도(得道)하게 한 곳이라 하여 '천성산'이라 하였다고 한다.

터널 공사 중단과 환경 영향 평가 재실시를 요구하며 단식 농성을 하던 내원사 지율 스님으로 인해 세상에 알려진 산이다. 얼마나 많은 날을 고심하였는지 산은 하얀 억새꽃으로 세월을 쌓았고, 계곡을 흐르는 물소리가 희미하게 들리는 것이 그렇게 정겨울 수가 없다.

언양에서 삼동으로 꼬불꼬불 저수지 길을 끼고 가다 보면 울산공업 탑에서 들어오는 길과 웅천에서 들어오는 길이 만나는 삼거리가 기다린다. 삼거리에서 천성산 계곡을 따라 가게 된 것은 '외진다소'(外塵多巢)를 찾아 가는 길이었기 때문이다.

금곡가든 입구에서 500m쯤 거슬러 올랐더니 '새(鳥)집 같은 작은 찻집'이라는 '외진다소'에서 새어 나오는 차향(茶香)이 천리 먼 곳 길손을 불러들이고 있었다. 천성산 심심산골에서 바위를 타고 흐르면서 이끼 향을 지니고 다시 땅 속으로 들어가 온갖 나무뿌리 약초뿌리에서 걸러져 '외진다소' 황토방 벽을 뚫고 막사발에 고인 물을 끓여 낸 물이 다시 찻잔에 고였으니 그 향이 방안에 진동할 수밖에 없다. 부드러운 녹차를 음미한 다음, 발효시킨 녹차를 권하는 주인의 섬섬옥수가 오늘따라 산의 향기를 따르는 듯하다.

우리나라 차(茶)의 역사가 고종 때부터라 약 100여 년이 되었지

만, 외국 차 수입으로 우리 차는 사찰을 통해 겨우 명맥을 유지해
왔다. 전통차는 아직 10% 뿐이고 90%가 커피라는 주인의 이야기
에 씁쓸함을 느꼈다. 우리 전통차만 고집하며 고전과 현대를 조
화 있게 꾸며 놓은 '외진다소'에서 나는 영영 떠나기 싫어졌다.
창밖에는 천성산을 바라보며 환영이라도 하듯 은행나무 두 그루
가 번갈아 노란 리본을 하나씩 날리고 있었다.

　찻집 안팎에는 갖가지 꽃과 유물들이 걸려 있고, 방안에는 많
은 다기와 글과 그림, 옛 풍금이 오래된 전화기 옆에 앉아 있다.
벽에 걸린 마른 장미꽃 백 송이가 갖가지 매듭과 자수로 향기를
풍긴다. 마시고 느끼며 감상할 수 있는 공간으로서 외진다소를
나는 언제까지나 잊을 수 없을 것 같았다.

내 안의 행복

많은 사람들은 사랑과 행복을 동시에 얻겠다고 염원하고 있다.

나는 항상 복을 타고났다고 하기도 하고, 끊임없는 노력으로 복을 빚어 나가고 있다고 생각한다. 또 사랑과 복은 항상 낮은 곳에서 기다리는 사람에게 온다고 믿고 있다. 행복이나 사랑은 거저 주어지는 것이 아니요, 끌어당긴다고 오는 것도 아니며, 돈으로 주고 살 수 있는 것이 아님을 알면서도 많은 사람들은 삶의 목표로 바라고 산다.

사랑과 행복을 거론할 때는 먼저 내 자신을 돌아보곤 한다. 그때까지 자신을 모르고 있다가 나의 사명과 본분, 그리고 분수를 낮은 곳으로 내려놓고 '오늘'에 최선을 다한다. 거기에서 사랑과 행복이 싹트고 출발된다고 보기 때문이다.

자문자답으로 내가 해야 할 일이나 하는 일이 분수에 넘치지 않고 적합한 것인지 알아보고 대처한다. 그것이 무엇보다 나를 사랑하는 일이다. 자기 자신을 사랑한다는 것, 그것이 에고(ego), 즉 자기 사랑이다. 이 세상에 오직 하나뿐인 자기 자신이 너무나 소중하기 때문이다. 그 소중한 나를 먼저 사랑하지 않고는 남을 사랑할 수 없으며, 나를 먼저 이해하고 용서할 줄 모르면서 남을 이해하고 용서할 수 없는 일이다. 분수를 내려는 것은 사랑과 행복이 높고 고상한 곳에 있는 것이 아니라 내 가까이에 존재하는 것들이고, 너무 흔해서 하찮게 여기는 지극히 작고 보잘것없는 것에 있다고 믿기 때문이다.

분수를 알고 눈높이를 낮추고, 항상 마음을 열고 진정으로 받아들이면서 삶을 사랑하는 것이 행복이라고 여긴다. 하고자하는 일이 성취되었을 때의 만족감이기도 하지만 많은 사람들이 물질에만 치우쳐 자기 분수나 위치를 잊고 욕망을 절제하지 못해 불행해지는 경우가 많은 것이 안타깝다.

나도 젊어서는 사랑이나 행복이 찾아와 주기를 바랐던 때가 있었다. 그것이 얼마나 무모하고 어리석고 오만한 일인가를 깨닫는 순간, 뜨거운 눈물이 가슴으로 흐르는 것 같았다.

마음의 깨달음을 얻고서야 남을 배려하고 칭찬하고 사랑하면서 행복감을 얻었던 것이다. 늦었다고 생각할 때가 가장 빠르다는 것으로 자위하면서 작은 일에도 감사하고, 조그만 것을 보아도 감동하는 마음이 중요하다.

자기 분수에 맞는 흡족한 삶을 살기 위해서는 작은 일에 대한 소중함과 최선을 다하는 열정과 인내로 작은 복은 크게, 없는 복은 새로 빚어 나가는 일이 중요하다. 그렇기에 나는 '오늘'에 최선을 다한다.

사랑과 행복은 인생에 주어진 선물이기에 더욱 나은 삶을 추구하는 것이며, 우리의 삶은 근본적으로 행복을 향해 나아가고 있는 것이다. 그 행복은 각자의 마음속에 있다. 분수를 아는 것도 마음이요, 욕망의 절제도 마음가짐에 따라 다르기 때문이다. 평범하며 소박한 것일지라도 사랑하고 매진할 때 그 일이 좋아지는 것이다. 사랑할 때 비로소 몰입될 수 있는 것이다. 하고 싶은 일을 사랑할 때 오는 평안한 마음이 행복인 것이다. 이러한 행복도 상황을 어떻게 받아들이며 자신이 가진 것에 얼마나 만족 해 하는가에 달려 있다. 결국 그 주체가 마음이기 때문이다.

나는 무엇을 위해 사는가!

나에게 삶의 의미는 무엇인가!

우리가 존재하는 목적이 행복에 있기 때문에 사랑이나 행복은 낮은 곳에 있고, 낮은 것에서 출발하는 것이다.

친구나 동료들의 우정에서, 남을 배려하고 베푸는 인정에서, 귀여운 자녀들을 사랑하는 자애에서, 아기와의 눈맞춤으로 화사하게 웃는 모습에서, 깔깔거리는 어린이들의 웃음에서, 꼬맹이들의 인사에서 나는 사랑과 행복을 느낀다. 뿐만 아니라 패기 넘치는 청소년들의 선행, 안내원들의 밝은 미소와 인사, 의사나 간호사들의 밝은 표정, 예의바른 사람들의 공손한 행동, 봉사활동에서 땀 흘리는 모습이 흐뭇하다.

자연의 아름다움에서도 나는 행복을 느낀다. 낮은 곳으로 쏟아지는 폭포수, 맑은 물을 흐려질까 손을 씻지 못하고 그냥 보고만 돌아온 백두산 천지의 물, 온 세상이 환하게 하얗게 눈을 덮어 쓴 설경, 모두 나에게 행복을 느끼게 해주는 것들이다. 행복은 바깥에 있지 않고 마음 안에 있는 것이다. 고요하고 평화로운 마음일 때를 행복하고 즐거운 삶이 되는 것이다.

사치한 생활 속에서 찾으려고 하거나, 멀고 높은 곳만 바라보면 행복을 찾기 어렵다. 행복을 쾌락과 혼동하는 경우가 많지만 진정한 행복은 기본적 욕구가 이루어지고, 마음이 평안하고 만족했을 때이다. 이 만족은 육체적 쾌락이 아닌 내면의 쾌락이라 할 수 있다. 그 쾌락은 순간적인 것이 아니라 영원하고 지속적일 때를 말한다. 여기에는 마음의 수행이 따라야 하는데, 긍정적인 생각을 키우고 부정적인 생각을 물리칠 때 가능하다. 가끔 '나는 행복한 사람인가?' 하는 질문을 스스로에게 던져 보는 것도 행복을 찾는 방법이 될 것이다.

　결국 행복이란 자기 수준에서 만족하고, 남에게 베풀면서 행복해하는 사람이다. 나는 항상 내 가까이에서 행복을 찾거나 느낀다. 내 눈높이에 맞추는 행복으로 오늘을 살아가는 것이다.

가을 강물소리

산 위에서 내려다보면 들판을 가로질러 가르마 같은 강이 흐른다. 위를 쳐다보면 푸른 하늘이 내려와 누구나 가을 하늘처럼 맑고 투명하게 살고 싶은 것이 어쩌면 인간 본래의 심성이라 생각할 것이다. 그래서 하늘을 보고 산을 보며 마음을 정화하는가보다.

맑은 물에 비치는 자기 모습을 통하여 자기정체성을 찾을 수 있듯, 지금까지 바르게 살아가는 것이 믿음이라고 생각할 정도였다. 그런데도 부정부패가 세상을 덮고 있어 '성실' 하나로는 버텨내기 힘겨운 일이었다. 나는 교직에 있으면서 아이들 마음까지 멍들게 할까봐 조그마한 불의도 용서할 수 없었다.

'사랑으로 수행한다'를 교직관으로 세워 자아정체성을 확립하여 분수를 지키는 생활을 강조하고, 학생들에게는 좋은 생활습관을 생활화하도록 성실히 사랑을 실천하고자 했다.

좌우명 역시 '어두운 곳에서도 자신을 속이지 않는다'로 하였다. 모든 일은 마음먹기에 달렸고, 오늘을 살아가는 사람들에게는 '실천하는 것이 힘'이라는 것을 이야기하면서 건강하고 정직하고 예의 바르고 성실한 사랑으로 여유 있게 세상을 살라고 제자들에게 강조하였다. 강물 같은 사랑과 마음을 지니고 싶어서 강을 곁에 두고 있는 것이다.

강물 같은 '세심(洗心)'이 교훈이다. 날마다 마음의 때를 씻는다. 강물처럼 자태를 바르게 하면서 남을 위해 베풀고, 용서하고, 이해하는 것도 한계가 있었는지 아내는 늘 입버릇처럼 인간 덕이 없다고 하지만, 오늘을 살아가는 데는 어려움을 겪을 수밖에 없다고 다독인다.

어쩌면 삶의 굴곡이 흐르는 강물 같다. 삶의 바로미터가 되어주는 강물이 사랑이었다는 생각을 하곤 한다. 답답함을 씻어주는 강물은 잔잔한 물 주름으로 위로하고, 지치고 태만해지면 물소리로 나를 일깨우고, 출렁이며 흐르는 물은 언제나 갈 길을 안내하는 듯하다. 나는 강을 좋아하고 강물을 좋아한다.

때때로 자기 존재를 낮추지 못하고 내뱉는 실수를 몰랐지만, 남의 부족함을 채워주고도 조화를 위해 자기 존재를 감추어버리는 강물의 교훈을 겸손으로 받아들인다.

강물도 가을 강물이다.

가을 강물처럼 맑고 푸른 하늘은 또 어떤가! 나에게는 어머니 마음 같다. 하늘은 천리만리 탁 트인 곳이다. 거기서 잃어버린 자기를 찾는 시간을 가질 수도 있다. 무엇을 찾아야 하는가. 깊은 곳에서 자기를 가다듬는 마음의 행로를 볼 수 있기에 어머니의 자애를 느낀다. 계절의 변화를 모르고 살아가는 현대인들에게 둔감한 감각을 떨쳐내고 자기를 찾아보고 싶은 마음을 갖게 하기 때문이다.

생존경쟁이 심한 현실 속에서 제 자리를 찾아 생활하기란 정말 어려운 일이다. 푸른 하늘을 보면 무엇을 새기며 살아왔고 또 어떻게 살아갈 것인가 길을 알려 주는 듯하다. 맑고 깨끗하고 숨김이 없고 투명한 마음을 나는 좋아한다. 그래서 천사들은 하늘에서만 사는 것이리라 생각하고 있다.

하늘도 푸르고 물소리도 푸르니 그게 동심이 아니겠는가! 그 하늘 대지의 품안에서 참 자기를 찾는 시간을 많이 가져 보고 싶다. 이런 생활이 현실에서 꿈을 꾸고 순간에서 영원을 보며 영원에서 순간을 보는 시간의 연속을 의미하기에 참 자기를 찾는 것은 순간 속에서만 존재하는 것 같다. 푸른 하늘에 속 모습까지 비치는 이 가을에는 마음속의 부정적인 생각을 덜어 내면서 강물 소리라도 들으며 살고 싶다.

휴가

사람은 일을 하면서 어떤 사람인가 결정된다.

어떤 일을 잘하는 사람인가를 말할 때 그가 하는 일을 보고 평가한다. 프로이드는 '인간에게 두 가지 큰 일이 있는데, 사랑과 일'이라고 하였다.

나는 올해 40년의 공직생활을 채운 덕에 국가가 배려하는 장기근속 특별휴가 4일을 받았다. 그동안 나는 해마다 휴가를 일에 쫓겨 반납하다가 처음으로 활용하였다. 올해는 유난히 마른장마가 계속되고 있다. 나는 서해안 바람을 따라 나섰다. 중앙선을 타고 정읍에서 서해안 명승지, 변산반도 국립공원을 찾았다. 놓쳐버린 신혼여행도 이번 휴가로 소급하여 여유 있게 나섰다. 이번처럼 4일 동안 부부 동반한 것은 처음이었다. 서해안 고속도로를 따라 해변에 널려있는 해수욕장을 모두 들를 계획이었으나 산과 바다를 번갈아 드나들기로 수정하였다.

산에는 철학이 있어 좋고, 바다에는 시가 있어 좋다. 중년부부는 찌든 삶을 모두 잊고 가벼운 마음으로 나섰다. 첫 도착지는 서해안 변산반도였다. 변산 해수욕장과 격포 해수욕장에서 바닷물 맛을 보는 것으로 오늘을 보내고, 녹음으로 덮인 변산 국립공원 내에 있는 깊은 산 속 아름다운 콘도에서 여장을 풀었다.

바닷가 피서를 와서도 인생이라도 연장될 듯이 절약하면서도 많이 보고, 많이 먹고, 많이 들을 수 있는 휴가를 만들어갔다. 일과 휴가는 배분관계가 아니고 상호관계에 있다. 일을 많이 한다고 해서 여가시간이 적거나 휴가를 많이 얻는다는 것은 아니다. 다음 일을 위해 활용하는 휴가여야 한다.

다음날, 재촉하는 무더위를 피해 아침 일찍 내소사에 들렀다. 산 속을 빠져나와 서해안 해수욕장, 수순염포해수욕장에 들른 뒤 부안으로 나와 금강 하구둑을 건너 서천 춘장대해수욕장, 무창포해수욕장을 단숨에 지나 보령, 대천해수욕장에서 찜통더위를 식혔다. 수덕사에 들렀다가 홍성온천에서의 이튿날 밤은 해수욕으로 피곤하였다. 양이 과했던 만큼 휴식이 길었다.

곳곳마다 아름다운 우리 산, 우리 들을 가로질러 죽죽 뻗은 고속도로, 꽃길 수백 리를 지나, 온천에서 맞은 아침은 안개꽃으로 자욱하였다. 보고 싶은 것만큼 보여주는 안개, 멀리 구름으로 떠가기까지 가까이에서 볼 수 있는 안개가 오늘은 포근한 기분이다.

태안반도, 태안해안국립공원을 목적지로 출발한 홍성에서 서산으로 들르면 댐 안쪽으로는 끝없는 직선도로다. 갯벌로 지평선이요, 해수로 수평선이 공존하는 서산갯가를 뒤에 두고 천리포해수욕장, 만리포해수욕장, 태안해수욕장을 지나 연포해수욕장에서 몸을 식혔다. 젊은 연인들의 모인다는 만리포, 연포해수욕장에는 승용차까지 인산인해를 이루었다.

모두 일 속에 묻혔다가 다음 일을 위해 휴식으로 도배하는 여름해수욕장! 언제든지 달려와 휴식할 수 있는 태안반도 해변에는 13개 해수욕장이 고리처럼 연결되어 있다. 충청남도에서 복지 차원으로 해수욕장을 공동 관리하고 있는데, 입장권 한 장으로 모든 해수욕장을 이용할 수 있도록 피서객을 배려하고 있었다.

　창문대해수욕장, 삼봉해수욕장은 승용차로 지나고 안면도해수욕장에서 쉬었다. 방포해수욕장, 샛별해수욕장을 거쳐 오는 동안 해는 저물었다. 그날따라 안면도의 모든 여관은 만원이어서 민박을 할 수밖에 없었다. 옛날과 달라 고생을 동반해서는 안 된다고 생각하여 특별휴가를 만들었는데, 3박이 한결같이 피곤한 밤이었다.

　어떤 바다는 물이 빠진 채였고, 어떤 곳은 물이 들어와 있어 끝없이 펼쳐진 대양과 아득한 수평선, 한가롭게 비상하는 갈매기를 관망하며 의미 있는 사색의 순간으로 점철되었다. 휴식만큼 성숙된 생각 속에 바닷물은 왔다가 빠지면서 백사장 허물도 덮어주었다. 하지만 내가 다시 걸어 가야할 길을 가리키는 바닷물을 보며 앞으로의 생활도 단조로울 수만은 없다는 사실을 알게 되었다.

　집사람은 절약한 만큼 즐겁고 여유 있는 나들이였는지 몰라도, 나는 안타까움과 아쉬움이 남은 채였다. 바다에 물이 빠질 시간만큼 삭막하고, 밑바닥 몰골은 내 역정처럼 선연했다. 물이 차면 절박은 정적 속에 가라앉고, 바다 위로 배 한 척 지나지 않을 때의 허전함과 허무함만을 음미할 수 있었다.

자동차 키와 마스코트

누구나 한두 번은 열쇠를 잃어버리거나 차 안에 두고 문을 잠가 본 경험이 있을 것이다.

열쇠가 떨어져 나가지 않게 단단히 걸고 있는 내 열쇠고리에는 자동차 키와 마스코트가 같이 달려 있다. 일의 역할을 구분지어 주는 마스코트와 가고자 하는 목적지까지 정해진 시각에 나를 옮겨다 주는 자동차 키가 함께 다닌다.

자물통과 열쇠가 실과 바늘처럼 같이 다니듯, 자동차 키와 마스코트가 항상 같이 있다. 한국의 선비 남명 조식 선생은 '경(敬)과 의(義)'라는 성성자(惺惺子)를 항상 패용하여 자기를 깨우치고 남을 일깨워 반성할 수 있게 하였다고 한다. 후에 동강(東岡) 김우용 선생에게 주면서 이것의 맑은 소리가 만 사람을 깨우쳐 반성케 하라고 하였다는데, 나에게는 이것을 대신하는 마스코트가 성성자와 같은 역할을 하고 있다.

운전면허증을 받은 지 20년이다. 디지털 시대에는 열쇠도 아무나 열 수 없지만 비밀번호만 알면 해결되는 것처럼, 사회구조가 복잡한 이 시대에는 마음을 열 수 있는 키 하나쯤 가지고 다녀야 한다. 그것이 마스코트다. 마스코트란 그 사람을 대변하는 악세서리다. 열쇠 하나만으로 허전해서 같이 꿰고 다니는 악세서리가 아니라 의미를 지니고 있는 것이어야 한다. 자기관리의 이미지일 수도 있지만 자아를 조정해 줄 수도 있다.

아침에 나서며 마음을 다지는 마스코트, 이제부터 나는 사회인이다. 출근하여 서랍을 열면 이 대학교의 학생을 지도하고 가르치는 교수인 것이다. 그것을 다짐하는 순간부터 오직 나는 이 대학의 교수로서만 역할 수행이 될 것이다. 그러다가 서랍을 잠그고 그 자리를 떠나면 다시 사회인이 되어 사회관계적 존재의 일원으로 활동하게 된다.

활동을 마치고 가정으로 돌아오면 나는 마스코트가 달린 키를 지정 장소에 걸어 놓으면서 '나는 이 가정의 가장이요 남편이며, 아버지다'라고 다짐한다. 마스코트에 다짐하는 일이 이같이 중요하고 역할에 따라 다른 힘이 주어지는 것이다.

미국에 일 년 동안 체류하면서 생활에는 아무 지장이 없었으나 대인관계와 나들이가 여간 불편하지 않았다. 언어불통으로 이웃이나 동료 간에 의사소통이 안 되고 교통 이용이 불편하였다. 그래서 먼저 운전면허 취득을 해야겠다고 생각하였다. 미국은 각 주별 운전면허시험 방법이 조금씩 다른데, 캘리포니아 주 운전면허시험은 영어와 한국어 중에서 한국어를 사용할 수 있었다. 필기시험은 단번에 합격할 수 있었지만, 실기시험이 너무나 까다롭고 어려워서 한 번에 합격하기란 불가능할 정도였다.

50여 항목을 모두 체크하는데, 주의해야 할 일이 한두 가지가 아니었다. 우리나라와 다른 점도 많았는데, 전방에 빨간 신호일 때 우리나라처럼 우회전할 수 없기 때문에 움직이면 탈락이었다. 그리고 파란 신호가 켜지면 우리는 비보호 외에는 좌회전할 수 없지만, 미국은 오는 차가 없을 때에는 어디서나 비보호 형식의 좌회전이 가능하기 때문에 차가 정체되지 않고 계속 흐르게 되어 있다. 운전에 익숙한 사람들도 이 부분에서 실수하기 다반사다.

그리고 교차로에서는 오가는 차가 있든 없든 스톱(Stop)이라고 쓰인 선에서 3초 동안 정지하지 않으면 탈락한다. 한국에서 온 자동차 면허시험관이 세 번 만에 합격하면 그것도 잘하는 축이라고 한다. 그런데 나는 두 번째 합격하여 미국 캘리포니아 주 면허증을 획득하였다. 포드(Ford)회사 무스탕(Mustang) 오픈카(open car)를 3만 달러에 구입하여 LA주변을 누비고 다녔다.

미국 체류 3개월째인 어느 날 집사람과 미국 서부지역 최남단에 있는 해안도시 샌디에고(Sandiego)까지 드라이브에 나섰다. 세계 제일의 동물원과 바다동물원(Sea World)을 구경하고 스페인 정취가 짙게 남아 있는 올드라 타운, 그리고 바다와 도시가 절묘하게 조화를 이룬 세아포드 마을(Seaport Village)에서 차 키를 안에 두고 문을 닫아 버렸다.

이 차는 기술자가 아니면 문을 열 수 없도록 되어 있었다. 닫으면 문이 자동으로 잠긴다는 것을 잊어버렸던 것이다. 말은 통하지 않지, 주위에 있는 멕시코인들에게 부탁해도 불가능하다고 했다. 마침 한국인을 만나 도와달라고 하였더니, 유리창을 깨뜨릴 수밖에 없는 일이라 하면서 가버렸다. 조금 후에 일본인을 만나 차 안에 키를 두고 잠갔으니 좀 도와 달라고 하였다. 그 일본인

청년은 기다리라고 하더니 자기가 이민 와서 가입한 보험회사에 연락, 기술자를 현지로 불러서 해가 기울고 있는 시각에 열어주었다.

얼마나 고마운 사람인가! 일본인의 도움으로 열게 되었다. 수수료도 필요 없다고 하였다. 고맙다고 연락처를 알려 달라고 하였더니 명함을 건네주기에 받아 집으로 돌아왔다. 며느리에게 전화를 걸어 영어로 답례인사를 하라고 하였더니 전화번호가 없는 명함이었다. 나는 빚을 진 것 같아서 몹시 안타까웠다. 한국에 돌아와서도 운전할 때마다 생각이 나고, 지금까지 그 청년을 잊지 못하고 있다.

다시 미국에 가게 되면 샌디에고 지역에서 꼭 그 사람을 찾아 고마움을 전할 것이라고 다짐하며 지금도 그 명함을 간직하고 있다. 남을 배려하는 마음이 얼마나 가치 있고 고마운 일인지 살아가면서 더욱더 느끼게 된다.

백년차(茶) 향기

　차 한 잔이 내게 마음의 여유와 하루의 의미를 새롭게 해 준다. 차의 종류를 가리지 않은 편이지만 지금까지는 커피가 주류였는데, 백년차라는 차를 알게 되었다.

　하루의 시작은 모닝커피 한 잔에서 시작되기도 하고, 대추차, 인삼차를 마시기도 한다. 차 한 잔에는 하루의 일정이나 만나야 할 사람들의 얼굴도 담겨져 있는데 차향이 머무는 시간은 삶의 시작을 위한 여유를 주기 때문이다. 친구, 가족, 애인의 기억이 담겨져 있기도 하고, 찻잔 속에 해, 별, 사랑하는 사람의 얼굴이 떠오르기도 한다.

　차 마시는 곳을 가리지 않지만 정갈한 찻집이 있으면 그곳을 자주 이용한다. 여기에 따뜻한 차 한 잔을 나누면서 풋풋한 이야기를 주고받을 수 있는 친구가 있으면 금상첨화다. '한 명의 친구는 과분하며, 두 명의 친구는 많을 뿐 아니라 세 명의 친구는 거의 불가능하다.'는 애덤스(Adams)의 말처럼 좋은 친구 사귀기란 쉬운 일이 아니다. 요즈음처럼 바쁜 세상엔 먼 곳에 있는 친구보다 이웃 친구를 불러내어 커피 맛을 음미하는 여유와 감성이 절실하다.

그런데 커피는 자극적이다. 몇 달 전부터 위염 증세가 있는 나에게 좋지 않다는 것이다. 그래서 찾은 것이 약차로서 건강에도 도움이 된다는 '백년차'이다. 이름 그대로 백 가지 약초를 달여서 내는 우리 차다. 백년차를 마시면 특유의 한약 냄새가 입안 가득히 담겨진 듯하다.

그런데 백년 찻집에서 끓여내는 백년차는 거리와 장소, 그리고 시간적 여유를 맞추어야 하기에 쉽게 마실 수 없는 게 흠이다.

창원 진동고개 산정에서의 한 잔의 백년차는 닫혔던 가슴이 열리고 마음도 안정되어 어지러운 세상, 지쳐 사는 삶 속에서 서러움까지 나누어 마실 수 있어서 좋다. 은은한 향기가 종일 입 안 가득 담겨진 듯, 맛도 일품이지만 우리네 인연도 깊은 맛으로 우러나길 바라면서 마시는 백년차로 행복한 하루가 저물 때도 있다.

뭉게구름, 꽃구름이 하늘 한 쪽에서 유유자적하고 있는 오후, 백년 찻집을 찾았다. 아무리 더운 여름에도 시원한 바람이 들렀다가 가는 곳, 추운 날에도 아담한 홀 안은 찬바람도 외면한 듯하다. 이 시간은 내 인생을 돌아보는 시간이 되는 것이다.

인생을 흔들리지 않고/ 산다는 게/ 얼마나 어려운 일인지/ 바람 부는 날/ 이곳에서/ 차 한 잔 하는 날/ 흔들리는 나뭇잎을 보면 안다/

시 한 편 떠올려놓고 푸른 산하를 바라보기도 하고, 서정주 님의 「푸르른 날」을 읊조리기도 한다.

눈부시게 푸르른 날은/ 그리운 사람을 그리워하자/ 저 저기 저 가을 꽃자리/ 초록이 지쳐 단풍드는데/ 눈이 내리면 어이하리야/ 봄이 또 오면 어이하리야/ 네가 죽고서 내가 산다면/ 내가 죽고서 네가 산다면/ 눈부시게 푸르른 날은 그리운 사람을 그리워하자.

모두가 내게는 그리움뿐이다. 하루에 한 잔이면 어떻고, 한철에 한 잔이면 또 어떠하랴. 종일 입 안에서 맴도는 차 향기는 우선 하루를 기분 좋게 해 준다. 그렇게 짬을 낼 수 없을 때에는 계절마다 한 잔만 마셔도 계절 감각을 되살려 볼 수 있는 좋은 차가 백년차이다.

초야(初夜) 같은 3월의 꽃이 피면, 길 떠난 신랑의 행차처럼 그렇게 뜬 달을 보며 마시는 백년차 맛은 짙은 봄꽃의 맛이다. 길가의 수양버들이 연둣빛 머리카락을 소녀처럼 귀엽게 날린다. 숲사이 솔바람 소리, 돌 위를 흐르는 냇물, 풀섶의 안개, 물속의 그림자 같은 4월은 시(詩)와 사랑, 그리고 웃음의 달이다. 이런 봄날에 노란 개나리, 영산홍의 내음을 흠뻑 담아 마실 수 있는 차 또한 백년차다. 봄에 마시는 백년차는 꽃향을 마시는 것이다. 꽃잎을 띄우지 않더라도 차향이 꽃 향으로 바뀌어 4월의 하늘과 들녘을 채워준다.

연초록 바람이 물오른 풀잎을 물고 초록빛 능선을 넘는 6월이면, 앞가슴 풀어헤친 흰구름이 떠 있어 '정말 생명의 달'이라고 읊은 로버트 브라운과 뜨거운 '백년차'를 마셨으면 좋겠다. 뜨겁게 내리쬐는 태양에 반항하는 듯 백년차가 제 맛을 낸다.

유랑의 구름이 떠다니는 7월은 대자연이 베푸는 위대한 향년이요, 조물주가 작곡한 뜨겁고 풍성한 교향악이다. 교향악은 태양, 바다, 구름, 초원의 4악장으로 이루어진다. 여름의 여왕 앞에서 마시는 백년차가 여름의 차라고 하면 어떨까.

산들바람이 불면 단풍잎이 뽀얗게 흐느껴 쌓이고 다홍빛 화문(花紋)진 빈 뜰에 은회색 달빛이 내리는 9월이 온다. 가을은 우물 가득히 찰찰 넘치는 청자빛 하늘이 되어 계단을 스치고, 바람에 물결이 살아서 출렁인다. 떨어지는 낙엽을 밟으며 시몬과의 대화 속에서 마시는 가을 차로서 '백년차' 한 잔에 저무는 오늘을 들여다보면 석양 무늬는 더욱 곱다.

나는 더운 호흡으로 계절마다 새로운 의미를 붙여 '백년차'를 마시는 셈이다.

겨울 바다엔 바람만 모여 사나, 오늘도 바람만 분다. 초설(初雪)에 들뜬 분위기, 한 마리의 종이새가 삭풍에 맴돌며 울부짖고 있는 12월이 가만히 가라앉으며 겨울이 온다. 아직도 내 주머니에는 따스한 밀어(密語)가 남아 여린 정이 감겨들고 있다. 그래도 회한의 지문은 손바닥에서 영 지워지지 않는다. 그러나 얼어붙은 마음까지도 녹여 주는 백년차가 있으니 얼마나 좋은가.

1월은 마운틴 데이지가 킬리만자로의 눈 속에서 피는 달이다. 겨울 진해만 바닷바람을 안고 마시는 백년차는 색다른 맛이다. 겨울 밑바닥을 흐르는 차가운 느낌, 인생은 어차피 떠나가는 것, 겨울처럼 먼 길을 떠나 보자. 미련일랑 두지 말자. 백년차 한 잔으로 이겨 내는 겨울이기에 나는 이 겨울이 좋다.

지리산에서 자생하는 중국계 소엽종인 '하동차'나 개량종으로 알려진 전남의 '보성차', 해남 지방의 차보다 맛이나 향이 출중할 뿐 아니라 약효까지 지닌 차가 백년차다. 그래서 백년차를 따르는 사람의 정성까지도 잊을 수 없다. 에이펙(APEC)회담 탁자에 노무현 전 대통령이 내어 놓았다는 '장군차', 김수로왕의 왕비인 허황옥이 인도에서 가져 와 김해지방의 대엽(大葉)종인 차 역시 탄닌 성분도 높고 맛도 있다고 한다. 그러나 백년차 맛이나 향에는 비할 수가 없다.

　우리네 인생도 백년차처럼 천천히 깊은 맛이 우러나기를 바라며, 즐거운 나의 하루가 여유 속에 저문다.

징게맹갱의 아리랑

'아리랑'은 우리 민족의 얼이 서려 있는 대표적인 민요이다. 누가 지었는지 모르지만 민족의 애환과 정서를 담고 있어 이 땅의 역사와 맥을 같이하고 있는 것이다. 이 민족의 가슴을 달래주면서 즐거워도 슬퍼도 기뻐도 부른 민요이다. 그래서인지 '아리랑'에 대한 노래도 많거니와 아리랑이란 이름이 붙여진 것도 많다. 나는 김제 만경에 '아리랑 문학관'을 찾았다.

일제 치하 일본인들의 수탈과 사쿠라(벚꽃)에 시달려 지쳐 있던 전라도 김제 땅은 그 시대의 아픔을 증언하는 소설 『아리랑』의 주 무대였다.

식민지 시대의 민족 수난과 투쟁을 직시하고 있는 김제는 전체가 구릉지이고 동진강, 원평천, 만경강 일대의 광대한 평야가 있어 대표적 곡창지대이다. 북의 만경강과 남의 동진강 사이에 끝없이 펼쳐진 평야를 바라보노라면, 거대한 산악이나 막막한 파도 앞에 선 것 이상으로 가슴이 뭉클해진다. 산악과 파도는 자연 그 자체이지만 평야는 사람의 영역인데, 일제 강점기 때는 이 너른

들을 눈물 없이 바라볼 수 없었다는 곳이다. 그래서 김제 일대를 숙연한 마음으로 순례하게 되었는지 모른다.

광활한 대자연 속에 인간이 한 걸음 들어가 있는 숙명뿐만 아니라 현대사 100여 년의 파란이 세월의 먼지를 뒤집어쓰고 여전히 현존하고 있는 것에 놀라지 않을 수 없었다.

수탈당한 땅과 뿌리 뽑힌 민초들이 벌인 민족의 수난과 투쟁의 중심지였던 소설 속의 '징게맹갱' 또는 '징게맹게'는 김제 만경들을 일컫는 전라도 방언이다.

소설『아리랑』은 하늘과 땅이 만나는 황금빛 김제, 만경평야를 중심 무대로 노동요로 불리던 망향가, 애정가이자 만가, 투쟁가로 민족의 노래가 되었다는 것이다.

김제 만경은 강탈당했던 조선의 얼과 몸의 또 다른 이름이요 민족독립을 위해 싸워 나갔던 무수한 민초들의 삶을 배태한 땅으로, 아리랑을 통해 또 하나의 주제를 갖게 된 곳이라 생각되었다.

일제 치하, 김제 땅은 쌀이 많이 나는 곳으로 알려져 땅만 믿고 살던 가난한 백성들을 만주 연해주로 쫓아버렸다는 것이다. 그들은 주린 배를 움켜잡고 모은 자금으로 독립군을 도왔다.

아리랑의 단순하면서도 애잔한 가락은 끊임없이 외세의 침략을 극복해온 우리 민족의 강물을 닮은 것이리라. 작가 조정래는 유일한 생존자로서 '아리랑 문학관'을 만들어 전국의 문인과 관광객들을 불러들이고 있었다.

소설 전 12권, 아리랑 1권 도입 부분은 이렇다.

"초록빛 싱그러움으로 뒤덮으며 들판에는 갯내음 짙은 바람이 불고 있었다.(중략)"

아리랑을 부르면 가장 밑바닥부터 진동하는 어떤 거대한 힘을 만나게 된다. 강하지 않으나 변함없이 달려가면 끝내 밀어내는 중용의 거대한 뚝심이다. 이 뚝심은 오천년 민족의 정신사가 응축된 민족의 넋인 것이다. 이런 징게맹갱을 다시 추슬러 거대한 우리 민족의 넋이 꿈틀거리게 하자는 느낌이 든다.

일제 강점기를 다룬 소설 『아리랑』을 아리랑 문학관에서 만나고, 소설의 배경이 되었다던 김제 만경들의 문화사적 의미를 조명하고자 김제시 벽골제 박물관 단지 내에 건립된 이리랑 문학관을 찾게 된 것은 너무나 다행이었다.

전쟁 후 독일은 수상 빌리모란트가 전 세계를 향해 사죄했고, 유태인들 앞에서는 무릎을 꿇고 사죄하며 용서를 빌었다고 한다. 유태인들은 그 사죄를 받아들여 '용서하지만 잊지 않겠다.'는 민족적 동의에 도달했다. 그런데 일본은 어떤가! 일본 국회의원들과 장관들은 지금도 독도가 자기네 영토라는 망언을 일삼고 있어 아픈 가슴을 억제할 길이 없다!

예향 통영의 남풍

한려수도를 물 위에서 바라볼 수 있는 곳이 남해대교, 거제대교, 통영대교다. 그중 통영대교는 미륵도 산양읍을 연결하면서 예술적 감각을 불러일으키고 있다. 산양 일주로를 추억의 길로 이어주고, 도남 국제요트단지를 새롭게 해주기 때문이다.

일주로에 피는 붉은 동백과 산양읍의 벚꽃은 바다의 싱싱한 봄 멸치와 함께 해변의 여름이 무르익는다. 통영수산고를 지나 인평으로 가는 길목에 예술촌으로 이름나 있는 '시인마을'은 이 계절부터 붐비기 시작한다.

푸른 물빛만 봐도 알 듯 한 통영의 청정해역은 한려수도를 한 폭 그림으로 수놓은 정경이다. 통영은 예부터 많은 예술인이 배출되었고, 예술에 대한 시민들의 감각이 남다른 지역이다. 유치환, 박경리의 『토지』, 주평의 『아동극』, 이상, 전혁림, 김춘수 등을 배출한 곳이기 때문이다.

그런 정서와 운치가 담긴 통영이 좋아 섬 생활 10년, 육지에서 5년, 모두 15년을 몸 붙이고 살았기에 그리움은 언제나 통영에 머물며 한려수도를 오간다.

바다를 안고 있는 항구, 바다를 사랑하는 사람들, 통영은 바다에 돌출되어 있는 도시가 아니라 한려수도 비단폭에 감싸여 있다. 쉴 새 없이 섬과 육지로 떠나고 들어오는 배들이 서로 연결되어 움직이는 항구, 생동감이 넘치는 항구다. 바다를 조망하는 남망산 산정에 이루어 놓은 조각공원은 통영의 예술혼을 투입하여 조성한 예술 공원으로, 세계 조각가들이 모여 조성한 것이기에 더욱 의미 있다. 작품 하나하나가 통영의 문화와 예술의 수준을 표현하여 시민정신을 순화시키고 있기 때문이다.

지역 문화와 예술의식에 대한 감각과 혼이 시민의식 속에 용해되어 있기에 정감어린 눈으로 예술품 한 점 한 점을 감상해 보면 통영 사람이 되고, 통영 정신을 느낄 수 있어 더욱 그립다.

뿐만 아니라 통영대교의 팡파르는 다른 지방에서는 찾아볼 수 없는 경남 유일의 것이다. 그래서 오래도록 시민들의 가슴속에 울림으로 남을 것이다.

미륵도와의 가교 기능을 기리기 위한 통영대교 음악 예술잔치에 설치음악가 빌 폰타나의 감성이 빛나는 것은 음악뿐 아니라 정서와 예술이 조화를 이루었다는 것이다. 이처럼 문화예술에 대한 유산이 영원히 남는 통영이 되었다고 본다.

통영 시가지 외곽을 띠처럼 두른 동백꽃 길은 나그네의 향수를 물씬 풍기고, 예향의 향수를 체험케 한다. 남도의 섬 취향을 심어 놓았기에 통영에 와서도 통영이 그리운 것이다. 한산도 대첩 체험과 제승당, 충렬사, 사계를 돌아야 제 모습을 볼 수 있는 산양 일주로를 지나 인평 예술촌에서 하룻밤을 묵으면 한려수도 수향에 취하고, 예향에 취하고, 바다를 그리는 해양문학의 향수에 취한다.

10여 년 전 창원으로 오게 되었지만 언제나 가슴속의 통영을 나는 잊지 못한다. 아니, 아름다운 수향을 잊을 수 없는 것이다.

내 고향 탑동리

내 고향은 산청군 단성면 운리(雲里) 부락 탑동리다.

지리산 줄기의 발원지에 있는 작은 마을이다. 남사리, 입석리를 거쳐 용두리 개당 마을을 지나 청계리에 닿기 전에 3층 석탑 2기가 목을 빼고 반겨 맞는 탑동 마을이다.

남으로 십리쯤에 입석리가 있고, 북으로 산청 홍계로 연결되는 탑동마을은 탑이 두 개라서 붙여진 이름이다. 철마다 매화꽃, 밤꽃이 가득하고 온 들이 풀꽃으로 꽉 차는 곳, 솔거의 그림 한 폭이 걸려 있었다는 유명한 단속사(斷俗寺)가 자리한 곳이다. 지금도 곳곳에 기왓장이 돌무덤을 이루고, 마을 한 가운데 돌탑이 우뚝 서있다. 한국전쟁 때에 불탄 잿더미에 다시 일어선 마을이 내 고향 탑동리(塔洞里)다.

산골 물이 맑아서 청계리(淸溪里)가 생겼고, 거기가 발원지가 된 강물이 마를 날이 없지만 그동안 등산객, 피서객들이 오염시키고 농약으로 강물이 몸살을 앓는다고 한다. 옛날부터 교통이 불편하여 걸어서 오십 리 길에 닷새 만에 열리던 단성(丹城) 장이 지금도 선다. 장보는 재미로 나들이하던 고향 사람들에게 왕복 백리 길이 유일한 낙이었다는 생각이 들곤 한다. 지금은 완전히 달라진 포장길을 시골버스가 오전에 한 번, 오후에 한 번 달린다.

탑동리에서 진주까지 백리 길, 산청(山淸)을 지나 함양, 거창까지는 팔십 리 길이다. 옛날 진주중학교에 다닐 때에는 트럭이 유일한 교통수단이었다. 단성면까지는 할머니나 고모의 손을 잡고 걸어 나오던 생각이 난다.

한 고개 넘고 나무 그늘에서 쉬고, 한 개울 건너 물가에서 쉬며 지루하게 걸어 나오던 길, 지금은 하나의 서정시로 떠오르는 고향이다.

아침이슬 손짓하는
땀 걷어 뿌린 고향 길
마산까지 이백 리
함양까지 백리 길
넌 북으로
난 남으로
산을 넘는 고개마다
삭지 않는 시간들
고향 산천 길을 본다

녹색 들녘
맑은 물도
이별 같은 고향 길에서

너는 북으로

나는 남으로

타향에 몸 붙이고 산다

―졸시 「고향 탑동리」

　내 유년을 건져낸 추억이 퇴색되어 재가 되고 강이 되었다. 꺽두기 잡아내고 피라미 낚시하던 곳, 갯버들 비집고 서서 맑은 물에 발 담그면 그것이 낙원이었다.

　지금은 깎아내려 단숨에 달려도 숨 가쁘지 않지만 그때는 헐떡거리던 고갯길, 포장된 고개를 승용차로 넘는다.

청계리 산골에서 시작한 실개천은

탑동리 절터에서

다시 흐르고

운리에서 개당리로 가는 강물은

용두리 샘골에서

소를 이루어 흐른다.

입석리에서 남사늘로 벋은 시냇물은

배양리 묵곡에서

경호강으로 손잡고

청계리 고개에서

설풍도 절이 삭는

운리 탑동 부락은

용두 고개로 하여 안방 같은

양지마을이다

구름마을

내 고향 하늘에서는 멈춰 섰던 흰 구름도

은 날개를 새로 단다.

—졸시「탑동 마을」

뒤쪽에는 넓은 잔디밭이 있었고 마을 앞은 누군가의 산소가 있어 놀이터로 좋았다. 잔디밭에서 한두 번만 굴러도 세월 가는 줄 몰랐다. 지붕이 바뀌고 돌담이 바뀌고 변소도 단장되었다. 밤이면 등잔불 밝히던 고향은 길이 전부 포장되어 직행버스로 몇 분이면 닿는 진주의 근교가 되었다.

뒷동산에 선산을 만들어 찾아서 조상님을 만나는 은혜로운 곳, 탑동리는 고향사람들이 아름다운 꿈을 캐고 있다. 고향을 아끼는 마음은 먼 데 있지 않다. 이웃과 자연을 사랑하는 것이다. 내 고향 탑동리가 먼 훗날 관광 명승지가 되어 있기를 꿈꾼다.

산에서 배운다

산은 나무들의 이야기와 기쁨과 어려움을 품어 숲을 이룬다. 그렇게 이룬 숲은 사람들에게 쾌적함과 심리적 안정을 제공하고, 공기를 정화하여 인간의 마음을 바꾸어 준다.

나무를 따르는 물과 공기의 궁합은 직접적이거나 간접적으로 큰 역할을 할 수 있다. 나무는 사람의 정서 안정과 영혼의 순치로 마음에 묻은 때를 씻어 주어 마음을 밝고 맑게 안내한다. 나무와 숲이 강을 이루어 흐르게 하니 산이 살아서 향기를 감추고, 그 아름다움을 우리는 만끽하는 것이다. 나무는 산과 같이 하산하지는 않지만 움직이고 있는 것이다.

봄이면 새싹을 틔우고 꽃으로 지칭하여 그리운 사람들을 부른다. 산 사람들의 시린 눈에 청량감을 주고, 새롭게 태어나는 산을 배우게 한다. 여름이면 금수를 위해 의자와 쉼터를 내어 주어 자연의 순리를 가르쳐 주고, 가을에는 리본을 만들어 낭만을 일깨워 준다. 뿐만 아니라 산의 육중함과 무거운 침묵의 교훈을 바위로부터 터득케 한다.

산봉우리를 내려서서 숲을 거닐어 보라. 겉으로 풍성한 아름다움을 세상에 내보이면서도 그 개체인 나무 한 그루 한 그루의 역할로 전체가 아름답게 보일 수밖에 없는 것이다. 거기에 비하면 나는 아직 마음의 내면을 내어 보이지 못하고 있다.

사회의 거대한 움직임도 나무가 숲을 이루고 있는 이치와 다를 바 없다. 산과 물은 우리들에게 아름다운 산하를 계속 꿈꾸게 할 것이다.

산에서 우리는 영혼을 정화한다. 뿐만 아니라 산을 무너뜨리려는 바람이 불 때 참는 법까지 배우게 된다. 그런 의미에서 생활 주변까지 확대되고 있는 녹화사업으로 아름다운 강산을 만들고자 하는 일은 특별한 의미를 갖고 있다.

나무는 사람들에게 쾌적한 느낌과 심리적 안정감을 제공하고, 인간의 마음을 바꾸어 놓는 역할을 겸한다.

산이 꿈꾸지 않으면 인간의 심리안정과 영혼의 순치, 즉 살벌한 환경이나 여건 속에서 궂은일을 하는 이들의 마음을 밝고 맑게 안내할 수 없을 것이다.

마음속에 미움을 걷어낼 수 없고, 배려와 친절을 모르고 지나치는 일이 계속될 것이다. 산에 나무를 심어서 자연의 풍요 속에 보람을 갖는 것은 우연이 아니다. 금수강산이 따로 있는 게 아니고 미래로 가는 인간의 소망을 강산에서 찾는 것이다.

85세 노인이 힘들게 묘목을 심으면서 "이 나무를 키워 장차 대들보와 서까래로 써야지!" 하자 곁에서 지켜보던 지방 관리가 웃으며, "노인장은 지금 여든하고 다섯인데 그때까지 살 것이라고 생각하오?"라고 물었다. 노인은 일손을 멈추며 "나무란 100년을 내다보고 심어야지 어찌 생전에 쓸 생각을 하시오. 지방관의 말씀은 나라를 다스리는 사람답지 않습니다. 나는 늙어 곧 죽을 몸이나 후손을 위해서 심는 것입니다."라고 하자, 지방관은 부끄러워 노인에게 정중하게 사과했다고 한다. 팔순 노인의 식수(植樹)정신이 지금 우리에게 꼭 필요한 때라 생각된다.

오늘

삶을 사는 방법은 사람마다 다르고 사랑법도 사람마다 다르다. 그러나 매일을 즐겁고 감동으로 살아갈 수는 없을까. 또 즐겁고 기쁜 일로만 인생의 역정(歷程)이 가꾸어진다면 얼마나 좋을까.

때때로 즐거운 일을 하여 여유를 찾고, 그러한 일에서 보람을 얻고, 사람들을 만나 인간관계를 맺으면서 신뢰하고 싶은 일을 하는 것이 행복이라 생각해 보았다.

나는 날마다 '오늘은 즐거운 날'임을 내 자신에게 확인시켜 준다. 행불행은 마음먹기에 달렸으니 그렇게 된다고 마음먹으면 될 수 있는, 자성예언의 효과를 생각하는 것이다. 매일이 즐겁고 감동스럽기 위해 오늘 나는 나에게 주어진 일에 최선을 다한다.

거울을 보며 내 자신에게 말한다. 그냥 생각만으로 하루를 맞을 수도 있지만, 가끔은 소리 내어 말하는 일이 자기에게나 타인에게 좋다고 보는 것이다. "오늘은 즐거운 날이다."라고 외치는데 간혹 집사람이 "오늘 뭐가 즐겁냐?"며 퉁을 준다.

강의가 있어 그렇다고 한다거나 사람을 만날 일이 있어서라고 하면, "매일 있는 일이 뭐가 그렇게 즐겁냐?"는 것이다. 계속되는 일이든 새로운 일이든 나는 즐거움이나 기쁨을 부여하는 것으로 생각한다. 즐거운 일이나 기쁜 일이 있으면 자연 여유가 생기기 때문이다.

뿐만 아니라 나는 작은 일에도 감동을 느끼려고 한다. 가녀린 풀꽃 한 송이를 만나도 '야!' 하고 감탄사를 터트리고, 키 큰 해바라기에 짓눌렸지만 곱게 핀 채송화에게 '참 예쁘게 피었구나!' 하고, 무지개를 보고도 가슴이 콩콩 뛰는 마음가짐으로 하루를 만들어간다.

작은 감동도 엔도르핀의 오천 배인 행복 호르몬이라는 세로토닌이 생성된다는 의사들의 이야기는 두고라도, 자연에서 느끼는 영혼의 카타르시스는 얼마나 큰가. 오늘의 만남을 소중히 하고, 인간관계나 일에 최선을 다해야 한다. 그리고 보면 항상 맞이하는 오늘이 얼마나 중요한가.

하버드대학교 도서관에 '내가 헛되이 보낸 오늘은 어제 죽은 이가 그토록 갈망하던 날'이라고 기록되어 있다. 스피노자는 '내일 지구가 멸망하더라도 나는 오늘 한 그루의 사과나무를 심겠다.'며 '오늘'에 중요한 의미를 부여하고 있다. 그렇게 중요한 오늘 만나는 사람이라면 그 만남은 참으로 소중할 수밖에 없는 것이다.

오늘의 만남은 사람뿐이 아니고 '사람과 일'이다. 그 만남을 즐거운 일로 만들기 위해서는 만나는 '사람' 을 소중하게 생각해야 한다. 만나서 반가운 사이가 된다는 것은 그만큼 인간관계가 원만해지고 좋은 관계가 되는 일이다.

나는 '일'을 만나면 그 일에 최선을 다한다. 일이 결정이라도 된다면 구체적이고 체계성 있게 해야 하고, 잡초처럼 끈질기게 그 일에 집착하여 몰입하고 완성해야겠다는 끈기로 임한다. 일에 미치지 않으면 그 일을 해낼 수 없기 때문이다. 그래야만 오늘이 즐겁고, 오늘이 보람 있는 날이 되는 것이다.

오늘은 시간이다. 시간은 돈이다. 돈으로 치면 어제는 부도난 수표요 내일은 어음인데 비해 오늘은 현금이다. 결국 오늘이 쌓여 역정이 되는 것이다.

우리는 날마다 사람들을 만나고 일과 만난다. 내가 만나는 사람이 그렇게 소중할 수가 없다. 도움을 주거나 해롭게 하지 않아서가 아니라 그때마다 잊고 있었던 나를 돌아보게 하고, 내 인생을 리모델링하는 기회를 주기 때문이다.

내 본분이 무엇인가, 사명은? 그리고 분수에 맞게 살아가고 있는지 돌아보는 일은 사회구조가 복잡한 오늘을 살아가는 자기 자신에게 던지는 자기 교수이기도 하다.

우리는 부자 간, 부녀 간, 친구 간, 선후배 간 등 개인적인 인간관계를 맺고 있으면서 한편으로는 사회관계적 존재로서 인간관계를 맺고 있는 것이다. 개인적인 인간관계가 원만하면 주위의 신뢰 속에 인정을 받아 성공한 삶이 되지만, 그렇지 않으면 실패한다. 단체 속에서도 인간관계가 실패하면 조직원 전체의 사기에 영향을 미쳐 단체나 회사가 발전하지 못하고 침체 속에 빠질 수밖에 없다. 따라서 만남의 관계가 내 삶의 여정에 미치는 영향은 큰 것이다. 그래서 독일의 한스 카로사는 '인생은 만남'이라 했다. 남을 배려하는 마음만큼 중요한 덕목은 없을 성싶다. 만남을 통하여 가는 길이나 삶의 선택이 달라질 수도 있고, 신념을 바꾸어 놓을 수도 있기 때문이다. 이렇듯 우리는 항상 남과 만나야 한다.

너와 나와의 성실한 만남, 이것이 우리가 원하는 만남이다. 일의 만남 또한 이처럼 기쁘고 행복한 일은 없는 것이다. 좋은 부모를 만나고, 성실한 친구를 만나고, 훌륭한 스승을 만나고, 좋은 부부를 만나는 행복이 우리가 진실로 원하는 만남이 아니겠는가. 이러한 삶이 내가 살아가는 당당한 삶이요, 활동인 것이다.

누구에게나 잊지 못할 만남이 있겠지만, 내게는 세 분과의 귀한 만남이 있다. 서조모님, 중학교 스승 최남덕 선생님, 사범학교 친구들이다. 이분들과의 만남이 오늘의 나를 만들어 주었기에 한시도 잊지 못하고 있다.

수많은 만남을 일로 연결하여 보람을 찾았고, 어떠한 일에도 자신감을 가질 수 있었다. 이분들의 영향으로 용기를 의욕으로 승화하여 일을 성취할 수 있었다. 이와 같은 일들은 신뢰가 마음속에 자리 잡고 있기에 가능했다. 자기와 남을 신뢰하지 않으면 마음 바닥이 허(虛)하여 모든 일이 원만하게 이루어질 수 없다는 것을 살면서 터득했다.

그래서 나는 '자기 사랑'을 앞세운다. 자기를 사랑하지 않고는 남을 사랑할 수 없으며, 자기를 모르고 남을 이해할 수 없는 일이다. 이러한 안목이 삶의 방식으로 받아들여질 때, 오늘이 마지막 날인 것처럼 살아갈 수 있을 것이다.

거울의 일생

우리는 매일 거울 앞에서 하루를 시작한다. 거울 속에 나의 생활이 있기에 거울 속의 나를 보며 '오늘은 즐거운 날이다. 만남을 소중히 할 것이다. 작은 일에도 감동할 것이다'라고 속으로 외친다.

거울에 이렇듯 내 생활을 비춰 본다. 우리는 거울 하나에 가족의 모습이 골고루 비치는 것을 알면서 살아간다.

어머니의 거울에는 자녀의 예쁘고 귀엽고 늠름한 모습이 먼저 보인다. 다음에는 온 식구의 생활을 보고 자기의 마음을 비춰 볼 것이다.

부부의 거울은 '마주 보는 거울' 이다. 남편의 얼굴에 아내의 모습이 보이고, 아내의 얼굴에 남편의 모습이 보이는 거울로 더러워지면 사랑으로 닦아내야 하는 마주 보는 거울이다.

자녀의 거울은 사랑과 자애로 보는 거울이다. 그 거울은 휴대용 손거울일 수도 있고 큰 거울일 수 있기에 때때로 닦아야 하고, 항상 일정한 위치에 있어야 한다. 그래야만 바로 비추기 때문이다.

10대의 거울은 인생의 미완성기여서 자신의 모습이 비춰지지 않는 거울이다. 쉽게 더러워질 수 있으므로 부모들의 관심으로 비춰 주는 거울이기도 하다. 자녀들은 부모의 뒷모습을 보며 자란다고 한다. 부모의 도덕성과 예절을 보여 주는 거울이다.

20대 거울은 활동기에 접어들었지만 자신의 모습이 한쪽만 비치는 거울이다. 항상 단순하고 결백한 것이 특징이어서 보는 횟수가 어느 때보다 많은 거울이다. 따라서 손질할 기회가 적은 거울인 것이다. 자아정체성이 형성되는 시기이기에 내가 누구인가를 스스로 되돌아볼 줄 아는 거울이다. 우리는 때때로 자기를 돌아 볼 수 있어야 한다.

30대 거울은 성숙기에 있으므로 양면이 다 보이는 거울이다. 뒷면과 앞면을 한꺼번에 볼 수 있는 거울로, 신념을 가지고 보람 있게 일하고 즐겁게 생활하는 모습이 비쳐야 한다. 자아정체성이 확립되는 시기이므로 항상 스스로를 부추기고 남을 배려할 줄 알아야 한다. 따라서 일에 대한 용기와 몰입, 그리고 창의적인 경험이 비춰지는 거울이다.

40대 거울은 완숙기로 남의 모습이 잘 비치는 거울이다. 더 잘 보이는 만큼 확실한 실상이고, 허상이 없는 거울이다. 지나온 자국과 앞길도 꿰뚫어 볼 수 있는 거울, 연속되는 생활 속에서 남의 모습과 자신의 모습을 비교해 볼 수 있는 자기사랑의 거울이다. 자기를 알아야 남을 알 수 있고 자기를 사랑해야 남을 사랑할 수 있으며, 자기를 이해하고 용서해야 남을 이해하고 용서할 수 있기 때문이다.

50대 거울은 결실기를 모두 담을 수 있는 거울이다. 거울 양면은 물론 내면까지 꿰뚫어 볼 수 있는 거울이다. 이 거울에는 지나온 삶과 자신의 내면을 되돌아 볼 수 있는 거울이다. 주제파악을 잘해야 하며, 분수를 잘 지켜야 여유 있고 행복하게 살아갈 수 있다.

60대 거울은 황혼기를 비춰주는 곱고 아름다운 거울이다. 탄생은 찬란하지만 황혼은 아름다운 것이어서 거울 자체는 보이지 않고 투명한 자신만 비친다. 거울에는 부족하고 후회스런 단점만이 투명하게 나타난다. 그러므로 자신을 다스려야 하고 가꾸어야 한다. 관리하기 나름이지만, 자아실현의 경지를 볼 수 있는 거울이기도 하다.

이처럼 거울과 일생을 같이하면서 어떠한 경우라도 깨뜨려서는 안 되고, 깨뜨릴 수도 없는 거울이다. 비춰보는 횟수를 조정하면서 자주 닦으며, 열기도 하고 닫기도 해야 하는, 그러면서도 수십만 번을 되풀이하여 일생을 담아낼 거울인 것이다.

30년 만에 다시 만난 독도

이창규. 독도 주민번호 40XXXX-00002044

그리운 독도! 아름다운 우리 땅, 동도 서도, 형제로도 외롭다. 고독하지 않도록 울릉도, 독도를 형제로 둔 생기 넘치는 섬, 독도가 고독하겠다고 1982년, 젊은 시절 찾았다가 꼭 30년 만에 다시 찾은 감회가 새로워 시 한 수 바친다.

너를 만난 30년 전에는/ 걸어 다닌 울릉도야!/ 반갑다. 반가워!/ 오늘 찾은 독도 가는 길/ 찻길 뱃길 열어 놓은 울릉도야!/ 꼭 30년만이라/ 미안타, 미안하구나!// 한결같은 어머니 사랑/ 어루만진 형제들/ 동해 지킨 버팀목 되어/ 자랑스럽다// 대한의 아들로 태어나/ 남의 손길 뿌리치고/ 거친 파도 헤쳐 온 끈기로/ 이 땅을 지키리라// 이제는 괭이갈매기 더불어/ 훨훨 자유롭게 날아라/ 평화로운 어머니 품속에서/ 세계로 도약하여/ 천년을 더 살아라/ 울릉도야, 독도야!//

―졸시 「내가 만난 형제 섬」

이 시는 '독도 박물관' 앞에서 독도가 우리 땅이라는 엄연한 사실을 다시 한 번 만 천하에 부각시키는 창원 예술인들의 예술 잔치 '독도 수호를 위한 예술적 탐문단. 우리 섬 독도, 수호결의대회'에서 내가 낭송한 작품이다.

　우리 땅 독도, 동도와 서도에 새봄이 무르익어 이처럼 애착이 가는 시간이 없었다. 울릉도에도 만발한 오월의 장미 향기가 천지를 진동하는 좋은 계절! 통합 창원시문화상 수상자 협회원들과 독도를 찾은 것은 꼭 30년 만이다.

　너의 모습은 2050클럽*으로 성장한 대한민국의 젊은 얼굴로 다가오지만, 내 봄은 조금씩 가고 있음을 느낀다. 하지만 화창한 날씨가 오랜만의 여정을 축복해 주는 듯 상쾌하다.

　포항에서 세 시간 반이 걸려 도착한 울릉도 도동항! 아무리 둘러보아도 물과 하늘뿐인 울릉도에 여장을 풀었다. 울릉도에서 동남쪽 뱃길 따라 200리(87.4km)에서 기다리고 있는 독도와의 만남은 내일로 미루고, 배를 타고 바다로 나가 꼭 30년 전에 보았던 울릉도를 차근차근 바라보았다. 곁에 두고서도 그리워하며, 한 바퀴 돌아보는 물길도 차분하다. 비바람에 시달린 나무 한 그루, 풀 한 포기까지 가슴에 와 닿는 우리 땅, 조국의 산하를 마주할 때마다 가슴이 뭉클해진다.

　1982년, 신령의 산이라는 성인봉 987m 등산길을 단숨에 올랐던 기억을 추억으로 다독이며, 다시금 30년 전의 젊음이 그리워졌다. 이제 세월은 흐르는 물에 꽃잎이 떨어져 흘러가듯 그렇게 가기에 회한이 남달랐다. 아름다운 해안의 절경, 황홀한 해상과 해안 일주도로에서 만나는 산 위의 기암절벽! 바다 위에 떠있는 공(空) 암(岩), 삼선암, 관음도가 발끝으로 다가와 차례로 들고난다.

울릉도 유일의 평지, 나리분지에서만 볼 수 있는 너와지붕과 투막집, 몇 채 되지는 않지만 울릉도의 전통집이 남아 있어서 좋았다. 나리분지가 마치 울릉도의 품속처럼 느껴졌다. 격랑의 바다를 다스리며, 왜구의 노략질에 세찬 바람 맞으면서 몇 만 번의 험한 물결에도 휩쓸리지 않고, 떨어져 있지만 외롭지 않게 살아온 울릉도와 독도 형제를 태양을 등에 지고 되돌아본다. 살아온 길보다 살아갈 길이 더 먼 바다를 바라보며, 우리 국민들의 성원에 늠름하게 앉아 있는 독도를 다시 한 번 찾고 싶어졌다.

자국의 이익만을 위해 어떠한 일이든 할 수 있는 이웃 나라를 우리가 어떻게 이겨 낼 것인가? 그래서 독도는 우리 땅이다. 우리들 모두는 독도 수비대가 되는 것이다. 독도를 지키는 것은 우리뿐이 아니다. 아름다운 바위들이 해안을 지키고 있다. 하늘에는 괭이갈매기를 날려 놓았으니 심심치 않을 것이다. 그런 까닭에 조금이라도 빠른 번호를 받고 싶어 서둘러 독도 주민증을 발급받았다. 「40XXXX−00002044」, 2012년 4월 20일에 받았으니 그리운 마음만은 독도에 두고 와야겠다는 생각을 하였다.

바다는 말없이 푸른데 가슴은 답답할 뿐이다. 일본은 지금도 독도에 대한 야욕을 버리지 못하고 도발 행위를 끊임없이 자행하고 있다. 최근에는 일본 시네마 현이 오키 섬에 자위대를 보내어 상주시킬 것을 정부에 요청하는 등 독도 문제를 국제 분쟁화 시키려 시도하고 있다.

세계로 도약하는 청렴도시 창원시와의 동반 성장을 위해 꼭 30

년 만에 다시 찾은 울릉군 독도를 품에 안고 싶다. 남은 생애 동안 역사에 남을 예술작품을 생산하는 데 독도를 배경으로 하고 싶었기 때문이다.

* 2050클럽–소득 2만 달러, 인구 5000만 명을 동시에 충족하는 나라

강물 같은 자존감

어떤 장소에서 어떤 사람을 만나고 어떤 일을 하느냐에 따라 삶의 모습이 달라진다.

자기 주관을 가지고 살아가는 사람은 많지 않다는 것이다.

세상이 변화하고 있는 탓도 있지만 의식 속에 비교문화가 자리 잡고 있기 때문이다. 다른 사람이 예쁜 목걸이를 하고 있으면 그게 좋아 보이고, 부잣집으로 시집가면 그걸 부러워한다. '참 좋구나!' 하면 될 것을 '누구보다 잘했구나!'로 비교하여 업신여기게 되고, 상대방은 증오, 시기, 질투, 자존심과 이기심이 생긴다.

살아가는 모습을 흐르는 강물에 비쳐보는 것은 의미 있는 일이다. 고요히 흐름은 변화가 없지만, 굽이치고 물결이 일면 장애물에 대한 극복으로 희망과 도전이 생기는 것이다. 그래서 인생은 그 굴곡이 강물 같다고 느낄 때가 많다.

넘어지는 게 부끄러운 것이 아니라, 다시 못 일어나는 것이 부끄러운 것이다. 넘어지면 벌떡 일어나 뛰어가는 사람, 주저앉아 버리는 사람으로 나뉜다. 그러나 강물은 언제나 제 길을 흐르기 때문에 항상 새롭게 변화하고 앞으로 나아간다. 흐르다가 바위가 있으면 돌아서 바다로 가는 이치와 같다.

잔잔한 강물을 보며 물의 에너지를 받아들여 보자. 그러면 잠자고 있는 나를 깨워 부정적인 생각을 씻어 주면서 자신의 모습을 비쳐준다.

잡념 걷힌 의식의 수면 위로 아집과 감정, 욕망이 그 모습을 드러낸다. 가라앉은 마음의 쓰레기를 건지면 모든 일에 양심이 드러난다. 액면 그대로 보이는 깨끗한 양심이 자기 존재를 낮춘다.

강물은 조화를 이룬다. 우리 인간은 아집과 이기심과 질투가 대인 관계 속에서 조화를 잃을 때가 많다. 나만 가지면 신이 나고, 나에게만 주면 좋아하는 의식이 바뀌지 않고 있다. 인간의 잘못된 기준은 뿌리 깊은 이기심에서 시작된다.

망월 스님이 절에서 내려오다가 소등에 쌀을 잔뜩 실은 노인을 만났다. 노인은 부처님께 공양하여 표독한 며느리의 마음을 돌리려고 절에 간다고 했다. 망월 스님은 "부처님은 절에만 있는 것이 아니라 며느리 마음속에도 있으니, 그 쌀로 며느리가 좋아하는 떡을 하고 옷 한 벌 지어 주고 절 삼배 올리는 것이 더 나을 것입니다."라고 일러주었다. 그 말을 들은 노인은 며느리에게 "내가 잘못했다. 네가 우리 집에서 얼마나 귀하고 행복을 쥐고 있는 사람인데…" 하고 서로 울며 화해했다고 한다. 노인이 자존심을 내려놓음으로써 표독한 며느리의 이기심이 물러가고 행복한 가정이 되었다는 것이다.

자기 물건이나 돈을 쓰면서도 욕을 먹는 사람이 많은 것은 강물 철학을 본받지 못하고 이기심만 늘렸기 때문이다. 절에서 수양하고 마음공부를 하고 왔어도 이기심을 포기하지 못했다면 수양도 잠시이다. 성스럽고 아름다워도 그곳을 나오면 황량해지는 것은 이기심을 철창 속에 가둔 채 잠시 아름다운 그림책을 보고 나온 것일 뿐이다.

이기심은 강한 자존심과 함께 있고, 자존심은 이기심의 경비원이라고 한다. 자존심에 화려한 옷을 입히면 이기심은 더 강해지기 때문이다. 자존심으로 인한 자만심으로 평화와 사랑은 멀어지게 된다. 따라서 인간관계도 불편해진다. 큰 사랑을 실천하려면 자존심을 버리는 아픈 체험이 필요하다.

자존심은 강물처럼 흐르는 인생에 방해자가 된다. 장애물은 뛰어 넘을 수 있으나 방해자는 뛰어 넘을 힘을 떨어뜨린다. 자존심은 자기 보호를 실천하는 마음이라기보다 자신에게 형성된 여러 관념들을 보호하려는 마음이다. 진리를 추구하고 찾는 마음이 아니라 자기의 습관과 관념을 지키려는 마음이다.

따라서 자존심이 강한 사람의 마음은 자갈밭이다. 쟁기질할 수도 곡식이 자랄 수도 없다. 나무를 심어도 뿌리가 내리지 않아 참 스승이나 좋은 사람을 만나기 어렵다. 성공의 고지를 이기심이나 질투심으로 갈 수 있다고 착각하는 사람이다.

냇물은 막아도 강물을 낳고, 강물은 막아도 바다로 가게 마련이다. 냇가에서 노는 사람은 그 사람만이 읊을 수 있는 시가 있고, 강변에서 노는 사람은 강바람을 노래할 수 있지만 결국에는 바다로 흐른다.

바다에 이르면 바다 같은 사람이 되어야 한다. 이기적이고 작은 나를 벗어나 큰 나로 돌아갈 때 바다의 시를 읊을 수 있다.

'어머니!' 하고 부르면

철 따라 꽃이 피듯이 올해도 어버이날이 찾아왔다.

어버이날을 맞이할 때마다 부모와 자식, 자식과 부모 사이에 사랑이 피어나고 있는지 한 번쯤은 되돌아 볼 일이다.

어버이날에 "어머니!" 하고 부르면 눈물이 난다.

나는 할머니를 가장 사랑했다. 초등학교 들어가기 전에 어머니를 잃고 할머니 손에서 자랐기에 어른이 된 지금도 어머니 사랑과 할머니 사랑을 혼동할 때가 있다. 유년 시절 사고 없이 편부와 조모님 사랑 속에서 잘 자랐기에 성가하여 나의 자녀들 역시 바르게 자라도록 전력을 다할 수 있었던 것이라 생각된다.

자녀 사랑은 예나 지금이나 같지만, 요즘 자녀들은 어버이에 대한 효를 다하지 않는 것 같아서 안타깝다.

서양은 가족 위계가 수평구조에 평등을 기본으로 하는 민주주의의 인권존중으로 문제가 없지만, 우리나라는 대가족 제도에서 핵가족으로 바뀌면서 효의식 상실로 문제가 따르게 되었다. 그러나 인성교육만 잘 되었다면 기본예절인 효사상은 익혔을 것이다.

그러나 그렇지 못한 것이 사실이다.

　자녀를 과잉보호한 데서 부모를 모르고 자기만 아는 이기심이 팽배해 버렸고, 부모가 경제 일선에 나서면서 자녀들을 방임한데서 오는 문제 또한 효와 사랑 모두를 잃게 되었다 해도 과언이 아니다. 그리고 한두 명의 자녀 출산이 자녀에 대한 집착으로 이어졌고 자녀들을 이해 못한 데서 오는 문제가 개방된 사회에서 더욱 심화되었던 것이다. 자녀의 인격 존중은 대화로 자녀들을 이해하는 데 노력하지 않으면 안 될 것이라고 생각한다.

　학교 교육 또한 인성교육을 도외시하여 바른 마음 지니기에 어려운 점이 많았다.

　이혼 가정이 늘어나서 편모, 편부가 많아지고 비행 청소년이 늘어난 요즈음 부모에 대한 효 실천이 무엇보다 중요하다. 그럴수록 부모는 자녀들을 자상한 사랑으로 관심을 갖고 대화로서 이해하여야 할 것이다. 설득하고 이해시키는 감성 지도가 이루어져야 한다. 엄부자모보다 엄모자부의 역할에는 이리스(IRIS) 전략이 필요할 것이라 본다.

　실망감이나 짜증이 솟구치는 것 같거든 마음속으로 '멈춰!'라고 말하자. '잔소리를 늘어놓지 않겠다. 겁을 주지 않겠다.'고 다짐하는 '멈춤'이 좋다.

　아이는 부모의 마음속에 자신이 설 자리가 없을까봐 두려워하고 있다. 따라서 아이가 소속감을 느끼고 참여하고 싶어 '존중'해야 한다. 그리고 아이가 귀찮게 굴지 않기를 바란다면 아이에게 휘둘리지 말자. 일이 바쁘다면 계속해도 좋을 것이다.

　억지 관심은 아이들도 눈치 챈다. 그러나 아이를 무작정 무시하기만 한다면 낙담한 채 물러나거나 점점 더 격렬한 반응을 보일 것이다. 아이는 주목받고 싶어하고, 부모가 자기를 좋아한다는 확신을 필요로 한다. 바로 지금이 아이에게 사랑한다는 확신을 줄 좋은 기회이다. 말이 없이도 아이에게 부모의 사랑을 느끼게 할 수 있는게 '주목' 방법이다.

페스탈로치는 '시간'은 관심을 표현하는 데 필요한 조건이고, '애정'은 좋아하는 측면이 강조된 질적 특징을 의미로 하며 아이에게 가장 필요한 것은 '관심'이라고 하였다.

사춘기에는 부모 속 썩이는 아이가 그렇게 많아도 다 속아 넘어가 준다. 잘되기를 바라는 어버이 마음은 눈물겹도록 처량하다.

내 친구 하나가 입영 전야까지 술에 고주망태가 되어 집에 들어갔다. 그 어머니가 정화수를 떠놓고 아들의 군 입대를 위해 손바닥이 닳도록 비는 모습에서 정신을 차렸다고 한다.

자녀들은 시집, 장가가서야 부모의 마음을 겨우 알게 되고, 부모가 되어서야 조금 알게 된다고 하니, 오늘날 자녀에 대한 자애 방법을 한 번쯤은 생각해 볼 일이다.

미국 나들이

기차여행 스케치

휴식은 일의 중간이나 끝난 후에 갖는 공간이다.

여유는 시간과 시간 속의 공간 예술이다. 여행으로 배우는 인생은 너무나 즐거워 기차여행을 떠났다.

나는 미국 서부 해안 태평양 연안을 끼고 흐르는 기차여행의 몇 가지 상품 중 1박 2일을 골랐다. 그것도 일반 기차와는 달리 여행객에 맞도록 제작된 것으로 1층에는 어린이 놀이 공간, 카페테리아, 식당, 화장실 등으로 나누어져 있고, 2층은 모두 객석으로 앞쪽 몇 칸은 완전 유리창으로 하여 차창 밖을 내다볼 수 있는 좌석 배치로 편안한 감상석이 마련되어 있는 기차이다.

인생은 단거리가 아니고, 장거리 마라톤 선수이다. 때문에 휴식과 여유가 필수이다. 휴식과 여유 있는 삶을 구가하도록 노력하는 방법 중에서 여행이 최고라 생각했다. 생활에 활력을 주고 다음 날 충전을 위한 여유와 휴식은 시간과 돈이 전제가 될 때 누릴 수 있다고 하지만, 꼭 그렇지만도 않은 게 기차여행이다.

기차가 LA를 떠날 때부터 사막지대였던 이곳에 귀한 비가 내려 초원과 나무들은 생기에 가득 찼다. 비는 기차를 적시고 나를 적셨다. 차창 밖으로 다가오는 새로운 모습에 신기함을 느끼면서 또 다른 수평선이 클로즈업될 때마다 태평양 끝이 다 보이는 듯 신비로운 느낌을 자제할 수 없었다.

   물 푸른 선 그리며 해안선을 달리는/ 태평양 기차여행/ 인디안 원주민 다니던 그 길을/ 지금 내가 가는 차창에는/ 하늘이 다르다/ 길이 다르고, 땅이 달라졌다/
   새로 그리는 그림에/ 나무를 심는다/ 목장을 만들고, 꽃밭을 일구어/ 시간과 여유를 심는다/
   쉼표 없는 미국 서부 해안 태평양 연안/ 1번 도로와 함께 기차는 미끄러지듯 흐르는데/ 바닷물 차창에 다가오듯 아름다운 네 모습/ 기억의 자유천지 파노라마 속/ 그리움 남기며 땅 끝을 달린다

                                        - 졸시 「태평양 기차여행」

   차창과 마주하면 내 모습을 제치고 그리운 사람의 얼굴이 떠오른다. 그 생각을 수평선상의 물 주름이 커버해 버린다. 눈앞에 열리는 경관이 모두 신기한 모래밭! 아름다운 해변과 초원 속의 집, 아담한 마을(Village), 키 큰 야자수, 간이역의 여유로움과 많은 비치(Beach), 광활한 목장, 이랑 끝이 보이지 않는 농장, 간혹 보이는 골프장까지 번갈아 모습을 달리하며 다가섰다가는 물러서고, 수평선 위에 띄웠다가 지워버리는 감동의 파노라마가 펼쳐진다. 해변 안쪽으로 온갖 꽃이 피어 꽃 속에서 사슴들이 보이고 타조, 말 농장이 번갈아 이어진다. 메마른 사막의 들꽃도 멋있고

여유로움을 주었다.

여행은 씨를 뿌리는 일이다. 그 지역에 사는 사람들의 모습, 문화, 환경, 특산물을 맛볼 수 있는 게 여행이다. 바다를 내려다 보고 있는 '언덕 위의 집(Hill house)'이 제일 살기 좋고 행복한 집이라 한다. 그 다음이 '바닷가의 집(Sea side house)' 그리고 '강이나 호수 부근의 집(Lake house)'이 좋은 집이라 한다. 여행에서 보고 체험한 일은 열매를 맺는 일이다.

눈앞에 펼쳐지는 태평양 위에 오늘 따라 바람 한 점 없는 것 같은 데도 물결 진원지에서 오는 하얀 파도는 속마음까지 씻어 간다. 바다 여기저기 석유 시추선이 밤낮없이 펌프질하고 있는데 눈앞에 보이는 것만 해도 12개의 시추선이 우뚝우뚝 서 있다. 파도 끝도 장관이다. 하얀 모래 위로 요트와 반라의 해수욕객들, 그 뒤로 하얀 집, 그 뒤쪽 해안도로에는 자동차들이 분주하게 오가고 있었다.

휴식 칸 좌석에는 각국 여행객들이 앉아 있다. 바다의 다양한 모습에 환호를 보내는 사람, 사랑을 나누는 연인, 갖가지 모습의 흑 백인종들이 와인과 음료수를 들이켜면서 키득대고 있었다.

바다가 하늘에게 속삭이는 말/ 수평선 넘는 철새 따라/ 물 주름 타고 들리는데/ 그리움에 생각 얹어 그림을 그린다/

그렇게 내려다 보고만 있을 것인가!/ 만나고 싶은 기차는 물속으로 흐르고/ 하늘 건너다니는 세상/ 밀물 썰물 손잡고 다니는 사람들/ 파도 같은 기다림은 모래성을 쌓는다/

바다로 나간 가장들은/ 삶의 새김질로 물위를 걸어 다니다가/ 바다가

산이 되어도 돌아올 줄 모르는데/ 이름난 롱(Long) 비치, 아름다운 아빌라
(Avila) 비치/ 진한 유혹 뿌리치지 못해서/ 동경한 사람들 껍데기에 모래
알은 시의 집을 짓는다

— 졸시 「바다에 그리는 그림」

기찻길과 자동찻길이 때때로 평행선으로 만나면서 주택과 공
장지역을 기웃거리고 달린다. 한꺼번에 피는 봄꽃을 거두어가는
늦은 봄 바다에는 햇빛, 파도, 피서객이 3악장을 펼친다.

기차여행은 우선 나를 돌아보게 하고, 사랑하게 하며, 명상할
수 있는 여유를 제공해 주고 있었다. 때문에 내 삶과 여유를 가방
에 챙겨 넣고 사막의 오아시스 같은 비치(Beach)에서 잠깐 잠깐
휴식하면서 새로운 마음으로 충전의 기회를 가졌다.

여유는 삶 자체이다. 삶은 그리움의 연속이어야 한다. 그리움
은 평안한 시간에서 얻는다. 나는 기차여행에서 돌아오는 위안으
로 여유를 배우면서 자연의 신비감을 느꼈고, 그리워하는 감정을
익혀 둠으로써 남은 생을 영원히 이어가는 계기가 되었다.

영화의 고향

아열대 기후의 화창한 날씨 속에 먼 길에 있는 모뉴멘트 밸리를 향해 간다.

LA 중심가에서 아침 일찍 출발하여 끝도 없이 곧은 길을 종일 달려 바스토우(Barstow) 시를 지났다. 라스베이거스(lasvegas)를 통과하여도 산이 보이지 않더니, 시에라네바다 산맥을 만나고서야 겨우 산을 볼 수 있었다.

산봉우리에는 하얀 눈이 쌓였고, 태평양 연안 산타바바라 비치에서는 해수욕을 즐길 수 있는 나라, 동북부 유타 주에 들어설 때까지 모하비(Mohave) 사막의 길은 평탄하였지만 열기 속에서 하루가 소요되었다. 피로한 채로 달려와 이곳 케남에 도착하니 저녁이었다. 너무 먼 길이었다.

실로(Shilo) 여관(Inn)에서 묵은 다음 날, 아침 5시에 우리 부부는 먼저 신비의 파웰(powell) 호수를 건너기로 했다. 80%는 애리조나 주, 20%는 유타 주에 걸쳐 있다는 이 거대한 호수는 글렌댐으로 인해 형성되었다고 한다. 겨울에는 수심이 10m쯤 내려갔다가 여름에 다시 상승한다는 파웰 호수를 건너서 인디안 주거지로 가는 길이었다. 이 호수의 넓고 긴 몸뚱이를 보기 위해서는 3박4일 동안 호수 주변을 돌아야 한다는데, 그럴 시간이 없어서 유람선으로 중심부만 둘러보았지만 신비와 의문만 생길 뿐이었다. 겨울 혹한과 여름 폭서만이 있다는 파웰 호수(Powell Lake)는 은퇴한 노인들이 와서 며칠 동안 낚시도 하며 즐기다 가는 휴양지 같았다. 다양한 모습을 보이는 것으로도 세계에서 희귀한 곳이라 한다. 붉은 사암으로 둘러 쳐져 있는 파웰 호수는 후버댐보다 200m 낮은 그랜 캐년(Glen Canyon) 댐에서 발전시켜 전력을 공급하고 있었다. 아치교의 우아한 자태에서 영화「메디슨 카운티의 다리」가 재현되는 느낌을 받았다. 겨울에 주변이 얼어도 얼지 않는다는 호수, 전체 길이만 3,150㎞여서 한 부분만 보고 갈수 밖에 없었다.

우리는 목적지인 아메리칸 인디언 원주민의 주거지 모뉴먼트 밸리(Monewment Valley)로 행하였다. 인디언 보호구역이기도 하지만 서부영화의 고향이라 할 만큼 영화 촬영의 배경이 된 곳이다. 새벽하늘 산뜻한 공기 속의 파웰 호수를 뒤로하고 달리는 도로 주변에 띄엄띄엄 인디언 마을이 보이기 시작하였다. 아메리카 원주민의 기나긴 삶의 흔적이 곳곳에 배어 있었다. 이곳은 콜럼부스가 인도인 줄 알고 '인디안'이라 부른 원주민 542부족, 200만여 명이 300여 개 언어를 사용하며 생활한다고 한다.

안내인으로부터 나바호 원주민이 우리와 닮은 점이 많다는 것을 알게 되었다. 머리 길게 땋거나 기르기, 아기를 등에 업고 다니기, 머리에 물건을 이고 나르기, 엉덩이에 몽고반점이 있는 것이 한국인과 나바호 족의 공통점이었다. 우리나라 2/3 넓이에 180만 명 중 17만 명이 나바호 원주민이라고 한다.

원주민이 살았다는 모뉴먼트 밸리에는 흙으로 지은 집이 몇 채 보였는데, 원래 모양을 본떠 새로 지어져 있을 뿐 그외 시설은 없고 돌기둥과 언덕이 광활하게 펼쳐져 있었다.

아직도 백인의 보호 속에 초라하게 빅토빌 사막을 지키고 있는 나바호 보호구역을 지나면서, 자치제로 운영하며 학교가 세워져 있어 아파치보다 우월한 민족이라는 것을 알았다. 예부터 이 지역 전체가 백인과의 싸움으로 피로 물들은 땅이라 하여 흙이나 돌의 색깔이 모두 검붉게 되었다는 전설이 있을 만큼 온 산과 들이 검붉었다. 그런데 나바호 족이 태평양전쟁 때 미국을 승리로 이끌었기 때문에 보호하는 지역이라고도 한다.

기야인 빌리지를 3시간 동안 지나 나바호 인디언 성지 모뉴먼트 밸리에 도착하였다. 너른 지역을 둘러보도록 인디언 후손들이 운영하는 지프가 여러 대 준비되어 있었다. 이 광활한 지역에는 붉은 바위산, 기묘하게 생긴 흙 바위, 특수한 지형을 이용하여 그들이 살았다는 흔적을 배경으로 「레드 리본」, 「백 투더피쳐」, 「레비트로」 등 수많은 영화촬영이 이루어졌다고 한다. 뿐만 아니라 수십만 개의 바위산, 크고 작은 바위가 솟아 우산, 모자, 동물 등 갖가지 모습의 지형 때문에 가족을 동반한 관광객이 끊임없이 오간다는 곳이다.

붉은색의 바위기둥이 우뚝우뚝 솟았다가 어떤 곳은 병풍처럼 둘러쳐져 아무리 보아도 끝이 보이지 않는 원주민 성지 모뉴먼트 밸리에서 인류 역사의 시작과 끝을 보는 것 같았다. 석양이 내리면 그 찬란함과 아름다움이 교차되는 아이러니를 비길 데가 없었다. 해가 지는 곳에서는 인디언의 말발굽 소리가 요란하게 들릴 것 같고, 백인들과의 치열한 싸움이 연상되어 모두 즐거워하고 있었다. 마치 잔폴 감독의 대작 「군딩」을 보는 것 같아 모든 환경이 촬영지 같은 느낌이기도 하였다.

벌거숭이산에 억지로 자란 듯한 1미터 가량의 향나무로 푸른 모습을 채우고 산 밑에는 서너 마리 양떼와 인디언 말들이 풀을 뜯고 있었다. 그 중심지에도 후손들이 만든 둥근 흙집 몇 채가 관광객을 맞이하고 있었다. 인디언들이 사용했다는 유물과 함께 중심 유적지에서는 노래와 춤을 재현하여 보여 주고 있었다. 초라하고 암울한 움막집은 원주민들의 애환과 질곡의 삶을 보는 듯 여행객들을 붙잡고 있었다. 자연과의 투쟁으로 개척정신이 움트기 시작하였고, 부족 보호를 위해 백인들과 투쟁했다. 그렇게 수세기를 살아남아 종족보존으로 역사를 이어 올 수 있었을 것이다.

동서남북으로 끝없이 펼쳐진 황야의 한 부분에 인디언들의 문화를 딛고 찬란한 아메리카의 문화를 꽃피었다는 생각을 하면서 꿋꿋이 세워 온 경제대국의 저력을 돌아보았다.

모뉴먼트 밸리를 뒤로하고 약 한 시간을 달렸는데도 그대로인 너른 지역이 신기했다. 모압(Moab) 마을까지 3시간을 달려서야 비로소 이 지역을 벗어났다. 그들의 개척정신과 희생이 따르는 도전과 용기의 삶을 조명해 주는 듯했다.

인디언 원주민이 살았다는 곳을 보는 것만으로도 삶에 큰 의미를 부여하는 일이라고 생각했다.

콜로라도 강변의 달밤

　아름다운 휴양도시 라플린(Laughlin)을 흐르는 강이 콜로라도 강이다.

　미국 남서부를 흐르는 강으로 콜로라도(Colorado)주 북부 록키 산맥에서 발원하여 7개 주와 모하비(Mohave) 사막을 관통하면서 북미의 젖줄인 후버 댐을 만들고, 다시 대협곡 그랜드캐니언 (Grand canyon) 만을 이루고는 지하로 숨어버린다. 2,333km의 긴 여정으로 흐르다가 캘리포니아 만으로 흘러 들어가서 그 끝을 볼 수가 없다는 강이다. 그러면서 미국의 3대 특산품인 포도, 석유, 아몬드를 풍성하게 가꾸어 준다.

　미국 중부지역은 아열대성 기후이다. 캘리포니아도 연강우량이 적어 스콜 같은 소낙비를 빼고는 네댓 차례밖에 내리지 않는다.

　로키에서 받은 빗물을 미국 전체에 되돌려 주는 느낌이었다. 이 강이 모하비 사막 길을 횡단하면서도 몇 백 년을 모래와 함께 살아온 선인장 군락의 끈질긴 생명력을 위로하며 흐르고 있었다. 해가 지자 한적하고 여유로운 콜로라도 강가 라플린에서 아름다운 달을 맞이할 수 있었다.

라플린은 제2의 라스베가스(Las vegas)라 할 만큼 연간 400만 명이 도박을 위해 찾는다는데, 14층의 660개 객실 리버사이드 호텔이 건립되면서 쉬어 가는 곳이다. 도시가 조성되면서 미국 갑부들이 모여들기 시작하여 휴양도시가 되었다. 라스베이거스의 휘황찬란한 불빛과 북적대는 도박꾼들 사이로 들락거리는 미모의 여인들, 220만 개의 전구로 만든 전자 쇼, 세계의 10대 도시를 축소한 작은 도시, 유명한 쥬발리 쇼, 진기명기로 가득한 버라이어티 쇼 등 각종 신기록이 모인 기네스북을 펼쳐 놓은 도시다.

콜로라도 강은 애리조나 주(Arizona)와 유타 주, 그리고 네바다(Nevada) 주의 경계를 넘나들면서 모하비 사막을 가로질러 라플린 옆 152km 거리에 있는 라스베이거스를 아름답게 가꾸고 있다. 현재는 무료 셔틀버스로 운행하며 라스베이거스와 연결시키고 있었다. 콜로라도 강가에는 달 밝은 밤이면 배 띄워 놓고 도박꾼을 구경하러 가는 관광객을 싣고 흐르는 낭만의 강으로도 유명하다.

중학교 음악시간에 부르던 <콜로라도의 강>이 귀에 쟁쟁할 무렵 첫사랑의 모습이 가슴속을 후비고 지나갔다. 곁의 아내도 그런 생각을 하는지 모른 채 말이다.

이렇듯 추억과 낭만의 시가이 세계 관광객의 마음속을 비집고 흐른다. 라스베이거스로 가는 길이어서인지, 아니면 그랜드캐니언(Grand canyon)으로 가는 중간지점이어서인지 연인들이 많았다. 콜로라도 강에 배를 띄우고 강변을 따라 흐르다가 강물 속으로 뛰어든 달을 애인으로 착각하며 안고 즐기는 밤이었다.

미국 나들이와 생활 언어

미국에서 아이들의 교우

둘째 손자가 처음 미국 초등학교에 전학하여 일주일째 되던 날, 반 급우들이 다가와 말을 붙였다. "What is your name?" "yes!", "How old are you?" "yes!" 대답은 해야겠고 "yes"라고만 했단다. 웃어대며 비아냥거리는 것 같았어도 모른 체 따라 웃으며 대화를 나누는 동안 6개월 만에 거침없이 친구들과 대화하게 된 것을 보고 언어교육의 조기실시가 참으로 중요함을 느꼈다.

언어는 학습이 아니라 생활습관이 되어야 한다는 것이다. 그러기 위해서는 프리토킹 훈련을 통하여 영어를 감각적으로 말하고 듣는 능력을 갖추어야 한다. 특히 영어는 몸으로 하는 것, 영화나 DVD를 반복해 보면서 다음 단계가 연상되면 듣기 과정이 이루어지고, 다시 말하는 과정에서 어순 훈련은 영어사전이나 전자사전을 활용하여 이해하는 데 노력해야 하는 것이다.

처음부터 각오한 일이지만 먼저 기본적인 언어라도 통해야 인사라도 할 수 있고 물건을 살 수 있으며, 직접 가 볼 수 있는 지역을 답사하거나 여행할 수 있겠다고 생각하였다. 그래서 영어회화 공부와 함께 자동차로 여행하기 위한 한 해의 계획을 세워야 했다.

기초생활 영어회화 공부

우선 간단한 기초생활 영어회화를 익히기로 했다. 애너하임(Anaheim)에서 플라톤(Fullerton) 시에 있는 라 시에라(La Siera) 고등학교 기초영어 회화반(English Language Development Classroom)에 입학했다. 베스나(Vesna)와 매리 코슬로브(Marie Koslov) 선생님의 학습이 계속되었으나 혀가 발음을 제대로 만들어내지 못하고 다른 사람들의 발음을 알아들을 수 없었다. 내 발음을 다른 사람들이 알아들을 수 없어서 서너 번 반복한 후에야 이해가 가능하였다. 그래서 매주 한두 번씩 집 가까운 애너하임대학(Anaheim Campus)에서 카렌(Karen)의 개인지도를 일 년 이상 받았다.

손자 손녀들은 6개월이 지날 때쯤엔 수업을 자유자재로 수용할 수 있을 정도로 대화가 이루어져 조기교육의 중요성을 실감하였다. 한국 교육과 다른 점은 수영, 피아노, 플루트, 체조 등 예체능 종목도 기초와 기본을 철저히 한다는 것이다. 우리나라는 기능을 강조하여 한 달 뒤 성과가 나타나는데 비해 미국 학교에서는 그 변화나 성과가 서서히 나타난다는 것을 알게 되었다.

영어회화는 간단한 문장이나 단어로 의사소통은 되었으나 발음이 문제였다. 'R'과 'L'의 발음이 같은 소리로 들리고, 같은 소리로 발음해 버리면 상대방은 완전히 못 알아들었다. 'R'은 혀 모양을 동그랗게 발음해야 하고, 'L'은 혀를 약간만 둥글게 하여 입천장에 닿게 해야 한다는데, 구분하기가 힘들었다.

세계 어린이들이 모여 든다는 미국 각지를 여행하면서 말은 통하지 않지만 마음으로라도 그 예쁜 모습들을 눈여겨보기로 하였다. 이 나라는 어느 지역, 어느 곳에 가든 어린이들이 있어서 즐겁고 행복한 나라이다. 환상의 디즈니랜드, 제2의 디즈니랜드인 낫츠 베리 팜, 세계 제일의 동물원인 LA 동물원 등에 어린이들로 종일 북새통이라는 느낌을 받았다.

자동차를 중심으로 한 생활

첫날부터 미국 체류 일정표를 만들었는데 오전에는 영어회화 공부, 오후에는 골프, 세리토스 도서관, 유니온(Union)대학의 컴퓨터 공부, 공원 나들이, 주말에는 야외 드라이브와 여행으로 계획하여 실천해 나갔다. 그러기 위해서는 운전면허증을 받아야 했다.

한국에서 발급한 국제운전면허증은 사용 기간이 한정되어 있고 이웃 주로 옮겨갈 때는 사용할 수 없었기에 미국 발행 새 면허증을 따기 위하여 많은 어려움을 감내했다. 자동차를 이용하지 않고는 잠시도 움직일 수 없는 나라, 미국의 도로는 홀짝수 번호로 동서남북으로 나뉘는 바둑판같은 광활한 미국 도로를 먼저 익히는 것이 필요했다.

매주 월요일부터 목요일까지 오전에는 기본 영어회화를 배우기로 하였다. 이렇게 영어회화 공부를 먼저 시작하면서 어렵사리 캘리포니아 운전면허증(D7243723)을 확보하여 매주 오후나 주말에는 인근 시와 유적지, 해수욕장을 돌아보았다. 여행사를 통할 때에는 10일 이상 걸릴 때도 많았다.

주말에는 오너드라이버와 여행사를 통해 미국 동부지역과 서부 지역을 양 축으로 하여 알래스카와 멕시코까지 50개 주를 건성으로라도 둘러보고, 특징적인 것은 담아 오리라 계획했다. 작은 우리나라도 시끄러운데, 미국은 오십 개 주가 어떻게 이렇게 행복하게 살아가고 있을까. 개인의 인격과 자유의 범주에서 이루어지는 강한 공권력, 작은 질서도 무겁게 지켜지는 나라, 무궁무진한 자원 속에서 자유를 구가하며 살 수 있는 여건을 눈여겨보기로 한 것이었다.

멕시코나 캐나다로 들어갈 때에는 테러로 인한 비자문제에 신경을 써야 했고, 남부 플로리다(Florida) 주와 텍사스(Texas) 주는 끝없는 황무지여서 서부영화 촬영장소 등 몇 군데만 들렀는데도 하루가 걸렸다.

미 대륙은 어디를 가나 스케일 자체가 달랐다. 캐나다 접경 오대호와 수도 오타와, 그리고 퀘벡을 거쳐 미 북쪽의 다코타(Dacota)와 캔사스(Kansas)까지 여행하는데 워낙 넓은 지역이어서 주마간산 격으로 지날 수밖에 없었다. 여행사의 일정을 따르기만 했는데도 일생에 다시는 가 볼 수 없는 곳곳을 돌아보며 여행의 진수와 인생의 기쁨을 느꼈다.

미국 초등학교 방문과 어린이들

페터 마샬 초등학교 방문

오늘은 페터 마샬 초등학교를 방문하는 날이다.

매달 한 번씩 '이 달의 학생'을 정하여 글짓기, 그리기, 읽기, 발표력, 문제해결력, 개근, 단정한 교복 착용 등 한 달 간 평가한 담임의 지도 결과를 통해 우수한 학생들에게 상을 주는 날이다.

수상하는 학생 학부모들이 모두 참석하여 축하하고 격려하는 학교 개방의 날이기도 하다. 캘리포니아 애너하임(Anaheim) 시에 있는 페터 마샬 초등학교에 손자들이 다니는데 학력 향상, 창의력 등으로 상장을 받아 서너 번 방문하였다. 미국 초등학교는 나이에 따라 입학이 자유롭게 허용되고 있지만 9월에 학기가 시작되어 우리나라와는 6개월의 차이가 있어 애로가 많았다.

교육도시 플라톤은 한국 학생이 학교마다 있는데, 페터 마샬 초등학교에는 한 명도 없다고 하여 입학시킨 것이다.

오후 2시에 학력상 시상식이 있는데, 나는 한 시간 전에 학교를 방문하였다. 제일 먼저 학교장이 나와서 인사를 나누고 장소 정리를 했다. 2시가 가까워지자 학부모들이 강당을 꽉 채웠고, 학생들은 담임 인솔로 유치원부터 고학년 순으로 입장했다.

학교장의 인사말을 모두가 경청하고 있는데 나는 한마디도 알아들을 수가 없었는데 우리 아이들은 6개월째인데도 완전히 알아듣는 것을 보고 조기교육의 중요성을 실감했다.

다음날 손자가 집에 두고 잊고 간 과제물을 가지고 급히 학교로 가게 되었다. 교무실 옆에 문이 있는 줄 모르고 교문이 닫혀 들어갈 수 없어서 서성거리고 있었다. 학교장이 다가와 어떻게 왔느냐고 물어서 잊고 간 과제물을 가져 왔다고 하였다. 교장은 학교를 순시하는 중이어서 과제물을 받아다가 학급으로 전해 주었다.

매일 정규시간이 끝나는 오후 두세 시 경, YMCA 교사들이 출근하여 철저한 방과 후 수업을 계속하였다. 한 달 30불을 내는데 80%가 방과 후 수업을 받고, 그외 20%는 개인이나 학원에서 특기교육을 받는다고 한다. 우리와는 정반대 현상이었다.

각 주마다 다른 교육과정

미국은 각 주마다 교육과정이 조금씩 다르다. 캘리포니아 주 마샬 초등학교는 1학년에 두 권의 교과서가 자료화되어 있다. 저학년은 교과서가 공책과 같이하는 자료로 되어 있어서 숙제도 거의 없었다.

애너하임 캠퍼스에서 개인지도를 받으면서 학생들이 공부하는 모습을 지켜보았다. 점심식사는 대개 햄버거 한 조각이고, 언제 먹었는지 계속 한 자리에서 자율적으로 교수의 지도를 받고 있었다. 점심시간이 있었지만 학생들은 움직이지 않고 정말 열심히 공부만 했다. 지도교수에게 물었더니 고등학교부터 대학진학반과 실업계로 나눠져 공부하는 양상이 달라 그렇게 보인다고 했다.

학생들은 주말이 되면 인근이나 이웃 주에 있는 도서관을 찾아간다. 우리 가족은 주립 도서관인 플라센티아(Placentia) 도서관을 정해 두고 활용하였다. 다른 도서관도 그렇지만 개인교수가 파트 타임제로 맡아 부족한 과목, 영어회화를 가르치는 도서관 구실이 이상적이었다. 유치원부터 초, 중등, 대학생, 그리고 일반인들이 도서관을 채웠다. 자리가 없을 때에는 10권 이상씩 빌려 가는 것도 보았다.

대학 진학반은 오로지 대학 진학만을 목표로 하며 진학 후에도 졸업이 어려운 나라가 미국이라고 한다. 세계 제일의 하버드대학과 캠브리지대학, 엠아이티(MIT)공대를 방문했다. 이들 대학에 입학하려면 고전문학전집 10권 이상을 독파한 독서력 평가 증명이 첨부되어야 하므로 책을 읽지 않고 시험공부만 해서는 안 된다는 것이다. 독서, 봉사활동, 리더십 등 여러 점수가 합해진 점수로 입학된다는 것이다.

대학에 쉽게 입학해도 마음대로 졸업할 수 없다는 안내자의 말을 들으며 우리나라 입시지옥과 사교육에서 헤어나지 못하는 안타까움을 달랠 수 없었다. 엄청난 노력으로 공부로 인생의 승부를 거는 대학생들을 보며 내 마음도 흐뭇했다. 컬럼비아대학도 교수 1명당 학생 수 8명 이내로, 학생 2만여 명에 교수 1천900명이 있었다. 부속 도서관에는 680만 권의 각종 도서와 500만 점이 넘는 마이크로필름 자료를 비롯하여 6만6천여 종의 정기간행물이 비치되어 있었다.

교육의 사회복지 정책

학교나 도서관은 물론 평생교육 등 어디를 가나 공부하는 학생들로 장사진을 이루고 있었다.

인간의 활동 중에서 공부하는 것보다 보람 있고 즐거운 일은 없다. 공부를 통해서 자신을 알고 인생을 음미할 수 있기 때문이다. 그런 기회가 공부하는 시기였음을 나중에야 깨닫기에 안타까울 뿐이다.

누구나 한번 쯤 오고 싶어 하는 뉴욕! 여기서 뉴저지로 가는 도로 가에는 우리나라 삼성과 대우의 높은 건물이 경제발전의 위용을 말해 주듯 우리를 환영하고 있어 가슴 뿌듯하였다.

뉴욕에는 모나리자, 렘브란트, 성모마리아, 라파엘 등이 있고, 학군이 좋아 67개 대학이 모여 있는데다 박물관이 많아서 공부하기에 좋은 곳으로 유명하다. 우리나라는 지금 제8차 교육과정(Curriculum) 개정이 계속되고 있는 시점이어서 지역마다 '교육박물관'이 있어야 하지만 하나도 없다.

미국은 대학은 물론 도서관 교육으로 평생교육 차원에서 기본

교육은 어디서나 무료로 받을 수 있고, 독서할 수 있는 여건이 조성된 나라다. 교육정책은 공교육 위주여서 사교육은 전체 10% 밖에 되지 않는다. 대학 내에서 사회교육 차원으로 평생교육을 확대 실시하여 교육시장 확대에 일익을 담당하고 있었다. 이러한 사회 보장제도는 대부분 자원봉사단체에 의하여 이루어졌다고 한다. 이러한 활동이 미국의 저력이 되었다고 본다.

세계 어린이들이 모이는 나라

미국에서 살며 느끼며

한국에서는 너무나도 먼 나라, 그래서 선뜻 다녀올 수 없는 나라, 미국은 세계인이 그리워하고 좋아하는 선진국이어서 가보고 싶었던 곳이다.

내가 안착한 곳은 캘리포니아(California) 주, LA 인근의 애너하임 시(Anaheim city)이다. 중·고등학교가 많이 모여 있다고 해서 교육 도시로 알려진 플라톤(Fullerton) 시 가까이에 있다. 처음 이민 온 사람들은 미국에 정착하기 위해 한두 번씩 이사를 다니다가 기후나 생활 여건이 알맞은 LA에 와서 집성촌을 이루어 한인타운이 형성되었다고 한다.

이곳은 사막 기후지만 살기 좋은 편이고, 한국과의 교류도 쉬운 곳이다. 그래서인지 LA 시가지에 있는 한인 타운은 한국의 한 부분을 옮겨다 놓은 듯, 간판도 낯설지 않고 만나는 사람들도 고향사람같이 정겨웠다.

캘리포니아 주는 미국이 1930년대 멕시코(Mexico)로부터 빼앗았을 당시에는 보잘것없던 황무지 땅이었다. 그러나 석유, 금광 채굴로 갑자기 황금지역이 되어 동부에서 서부로, 서부로 모여들어 지금의 LA 환락 도시, 디즈니(Diysney)랜드, 제2의 디즈니랜드 낫츠베리 팜(Nott's Berry Farm), 캘리포니아 어드벤처, 휴양지 샌디에고(Sandiego)의 발보아 공원(Balboa Park), 1935년 태평양국제박람회장, 샌프란시스코(Sanfrancisco)의 금문교, 교육도시 플라톤(Fullerton) 등으로 세계인이 선망하는 도시가 되었다. LA 동물원, 127에이커의 식물원은 타잔 영화 촬영지로, 그리고 세계에서 제일 길고 크다는 롱비치(Long beach), 아름다운 라구나 비치(Laguna beach) 등과 애니메이션 과학의 유니버셜 스튜디오(Universal Studio), 영화촌 할리우드(Hollywood), 닉슨(Nixon) 도서관, 카브리보 해양 전시관, 초창기 사용하던 크루즈 퀸 메리 호가 떠 있고, 인근 팜 스프링(Palm Spring) 등 겨울 휴양지가 캘리포니아 로스앤젤레스 주변에 있다.

내가 머물고 있는 곳의 이웃집과 먼저 인사를 나누었다. 미국과 인도 사람들이 좌우에 살았는데 친절하고 예의바른 사람들이어서 쉽게 사귈 수 있었다. 미국은 칭찬과 인사, 그리고 미소를 잃지 않는 나라였다. 나는 달랑 청바지 한 벌과 내의, 그리고 캐주얼 한 벌로 미국에 왔다. 그 외에 간단한 것은 미국에서 구입하여 사용키로 하였다.

처음으로 초청을 받았다. 안주옥 문학박사 부부가 한인 타운 북쪽 콘도에 일 년 전 이민 와서 살고 있다는 것이다. 재미수필문학회장 조만연 씨와 박봉진 회장도 만나서 세월 가는 줄 모르고 지냈다. 그리고 재미아동문학회장 정해정 님도 초대 입장에서 만났다. 나는 먼저 아동문학회와 재미수필가협회원으로 활동하였다. 회의 때나 다른 지역의 독서토론회 초청도 받았고, 미술전시회, 해변문학제 등에도 참석하였다.

건성으로 보아도 미국은 세계 제일답게 모든 부문이 우월해 보였다. 풍부한 자원과 물자, 다양한 인종과 문화 예술, 가는 곳마다 특색 있는 풍광과 문화가 어우러져 여가가 나는 대로 즐길 수 있는 살기 좋은 곳이었다. 이 넓은 지역을 모두 돌아볼 수는 없어도 기회가 되는 대로 특색 있는 지역은 모두 체험하였다.

셰익스피어의 제자가 스승에게 프랑스를 보여 달라고 했더니 그는 아무 말도 하지 않고 첫날, 왕실의 주빈들이 모이는 백작들의 무도회에 참석시켜서 그 나라 최고 명사들의 문화 영역을 밤새도록 체험케 했다. 다음 날은 홍등가에서 하룻밤을 창녀들과 묵게 한 다음 "이제 너는 프랑스를 다 보았으니 본국으로 돌아가도 좋다."고 했다.

비록 1년여 기간이지만 이렇게라도 미국을 보고, 느끼고, 체험한 내용을 담아 왔으면 하는 계획으로 즐겁게 생활하였다.

어린이들이 즐거운 나라

이 세상은 어느 곳에서든 어린이들이 있음으로 즐겁고 살 만하다.

특히 세계 어린이들이 모여드는 나라 미국은 무엇보다 컴퓨터와 기계문명의 발달, 풍부한 자원, 다양한 종족과 문화의 향유, 각 주마다 특색 있는 교육, 지역마다 산재한 자연경관과 문화 유적 등 다른 나라에서 볼 수 없는 것들이 많은 나라다.

디즈니랜드 같은 환상(Fantasy)의 세계라든가, 엄청난 규모의 해저 생물관 씨월드(Seaworld) 타운의 규모, 끝없는 사막과 황무지의 개간과 이용, 기계농업 빌리지(Village)와 넓은 농장, 크루즈 세계여행, 알래스카의 자원보고 탐방, 마천루가 모인 뉴욕의 흑인들의 생활근거지 할렘 가와 엠파이어스테이트 빌딩, 세계 인종들이 모여 사는 환락의 거리 답사 등 직접 보지 않고는 이해가 되지 않는 영역이 많아서 일일이 찾아 다녔다.

이 모두가 상상의 세계에서만 일어날 수 있는 일들 같았다. 미국 동부로 갔을 때 뉴욕의 마천루 지역의 화려한 중심가 뉴욕 5번가와 6번가가 그립다. 테러범들의 공격으로 무너진 세계무역센터의 파괴된 자리는 그대로 보존하고 그 옆에 새 건물을 설립한다고 한다. 대형 박물관이 곳곳에 설치되어 교육 자료로, 여행지로 만들어 두고 보존하는 것을 보고, 우리나라도 '교육박물관'을 지역마다 설치하여 교육 변천사를 실물로 볼 수 있게 했으면 좋겠다는 생각을 했다.

워싱턴을 중심으로 미시간, 플로리다 주까지, 북으로 메인 주와 오대호에서 캐나다 퀘벡까지 차원 높은 문화, 예술과 도시발달을 눈여겨보면서 그들 역사에서 빛나는 개척정신으로 눈부시게 발전한 미국의 저력을 피상적으로나마 엿볼 수 있었다. 이곳에도 최하 지역으로 알려진 할렘 가에는 거지들도 많고, 신호등이 어지러우며, 지저분한 곳으로 무질서와 쓰레기 방치 등 그대

로 볼 수 있어 대조적이었다. 뿐만 아니라 뉴욕 남쪽의 발전 도상
에 있는 뉴저지 주는 교통이 복잡하고, 인구 집중지역으로 발달
되었다.

그런데 미국이라는 나라는 서부 개척정신을 바탕으로 모험심,
끈기, 진실성이 근원을 이룬다고 한다. 어떤 일이든 칠전팔기로
해내고야 말겠다는 계속성과 일관성을 동시에 지닌 나라다. 강력
한 실천법 준수가 그것을 뒷받침해 주고 있었는데 엄격한 법과
강한 공권력으로 인권보호와 자유로움, 신뢰, 봉사로 점철된 기
독교정신이 돋보였다.

투명성과 도덕성이 높은 나라

여행은 '삶을 찾아 내 안으로 들어가면서 사색하는 일이라'고
한다. 그리고 자기 자신을 기억하는 행위인 것이다. 한국과는 많
이 다른 곳에서 자신을 돌아보고, 체류하는 동안 나는 선진국에
서 체득할 수 있는 차원 높은 정보와 지식을 섭렵하는 계기가 될
것이라고 생각했다. 미국은 생활 전반에 진실한 투명성과 높은
도덕성을 느낄 수 있었다. 느긋하고 여유 있는 생활을 직접 체험
하며 이 마을 와인마운트 지역에 있는 '큰 바위 얼굴'을 본 것 같
았다.

어느 날 롱비치에 갔다가 길을 잃어 산책 나온 한 분에게 길을
물었더니 그의 부인이 지도를 가지고 나오고, 아들은 메모지를
가지고 나와 약도를 그려주기까지 하였다. 이렇게 조그만 일에도

성심성의를 다하는 그들을 보면서 느낀 것은 경제적으로 여유 있는 사람들이 자기의 소중한 재산을 사회에 환원하는 것을 곳곳에서 볼 수 있었다는 것이다. 우리나라도 훌륭한 인물이 많이 나와서 사회 발전에 이바지하고, 우리 어린이들도 이런 멋진 사회에서 살아갈 수 있게끔 높은 윤리의식을 심어 나가야겠다는 생각을 했다.

강한 공권력과 법질서 확립, 교통안전과 줄서서 기다리기 등은 미국 50개 주가 발전할 수 있는 배경이 되었다는 생각을 떨칠 수 없었다.

미국 동북부 지대 탐방

오타와에서 퀘벡까지

미국은 세계 여러 민족의 복합체라 할 만큼 도시 어느 곳이든 각국의 인종이 모여 살고 있다.

나는 버스와 비행기로 LA에서 뉴욕까지 광활한 미국의 동서를 가로지르는 미 대륙 횡단을 두 번이나 했다.

미국은 어디를 가나 교통질서를 중심으로 공권력이 강한 나라이다. 법질서에 공감을 느끼며 뉴욕 남쪽 뉴저지로 달렸다. 뉴저지 북쪽에서 남쪽으로 종단하면 델라웨어 메모릴 브리지를 건너 대서양과 합쳐진다. 석유 저장시설이 여기저기 눈에 띄고 원유를 퍼 올리는 펌프질이 밤낮 계속되는 지역이다.

뉴욕에서 수도 워싱턴까지는 비행기로 5시간 걸린다. 켄터키 주와 오하이오 주, 버지니아 주, 메인(Maine) 주를 들러 오대호가 있는 미시간 주에서 캐나다 수도 오타와, 그리고 퀘벡(Cebak)까지 다녀오는 대장정은 세계의 각종 문화를 체험할 수 있는 시간으로 의미가 있었다.

뉴욕 시내와 문화체험

뉴욕 시내 입성 전에 스톰 킹 학교(Storm King School)를 찾았다. 시내 중심에서 한 시간 거리에 있는 아름다운 경관 속에 10개의 캠퍼스를 가지고 있는데, 외국인 학생들이 20%로 전교생 80%가 기숙사 생활을 할 수 있는 시설이 갖추어져 있었다.

뉴욕 시내로 들어 선 우리는 빌딩 숲을 헤치면서 화려한 도시를 직접 보았다. 세계 제일의 도시답게 5번가와 6번가는 꿈의 거리라는 생각을 하였다. 이 거리는 제일의 번화가로 한국의 명동거리와 같았다. 황소 조각상이 있는 한복판에는 많은 사람들이 붐비고 있었다. 마천루가 밀집되어 있는 사이에 오래된 건물은 예술품으로 착각할 것 같았다. 엠파이어스테이트 빌딩이 40년 동안 가장 높은 빌딩으로 제왕 노릇을 해 왔고, 올림프스 조각상, 1945년에 설립된 유엔본부와 자유여신상을 배경으로 최고의 문화 예술로 빛나고 있는 곳이다. 매년 2천만 명 이상의 관광객이 찾아오는 도시이기도 하다.

세계 인종 전시장이며, 그래서인지 세계에서 가장 화려한 것과 추한 것을 동시에 가지고 있는 곳이기도 하지만, 유엔본부가 뉴욕에 있어야 하는 이유라면 이러한 배경 때문일 것이라 생각하였다. 세계 최하의 골목인 할렘 가와 세계 최고의 문화가 공존하는 곳이라는 것이다. 그리고 물건을 싸게 살 수 있는 우드베리가 가까이에 있었다.

　모나리자, 렘브란트가 있는 뉴욕, 95번 고속도로가 지나고 허드슨 강이 흐르는데, 바다 밑 지하는 맨체스터로 가는 링컨 터널로 연결되고 이스트 강을 건너 뉴저지로 진입한다. 가든 스테이지, 즉 정원으로 이루어진 도시여서인지 67개 대학이 모여 있는 학군이 좋은 곳이기도 하다. 뿐만 아니라 박물관이 많이 모여 있는 곳으로도 유명하여 학생들이 유독 많은 곳이다.

　뉴욕을 떠나 볼티모어를 경유, 워싱턴에 도착하면 그 유명한 워싱턴 광장이 있다. 영화 <해리가 샐리를 만났을 때>의 광장 같았다. 200만 점 이상의 방대한 소장품을 전시하고 있는 메트로폴리탄박물관, 국회의사당, 제퍼슨기념관, 링컨기념관, 한국전쟁 참전용사 기념비를 둘러보았다.

명문대학 탐방과 워싱턴 주변

　뉴저지를 지나 델라웨이 강을 건너 델라웨이 주로 들어섰다. 이 강을 경계로 남쪽은 필라델피아와 접하고 북쪽은 허드슨 강을 경계로 북으로 록키산맥, 동으로 아팔래치아 산맥이 있다. 외곽은 가든 스테이지(Gardn Stage)다운 초원지대였다.

　링컨의 유명한 3분 연설을 상기하며 달려 간 델라웨이 주에는 우리나라 삼성과 대우의 높은 건물이 우뚝우뚝 서서 그 위용을 자랑하고 있었다. 뉴욕과 워싱턴을 연결하는 맨체스터와 뉴저지, 누구나 한번쯤 다시 오고 싶어 하는 세계인의 도시다.

1800년, 미국의 수도로 자리 잡은 수도 워싱턴은 포토맥 강변을 중심으로 버지니아 주와 매릴랜드 주 사이에 걸쳐서 형성된 도시이다. 국회의사당, 스미소니언박물관, 백악관, 링컨기념관 등이 있고 평평한 야산 모두가 숲이어서인지 여타 도시와 다르다는 느낌을 받았다.

먼저 방문한 토마스 제퍼슨(Thomas Jefferson) 고등학교는 독해, 독서교육, 보조교사 제도가 잘되어 있었다. 다음으로 학부모 의견을 수렴하여 연 1회 교사평가제를 실시하고 있다는 페어뷰(Fairview) 초등학교를 방문하였다.

짙푸른 가로수와 많은 공원, 마천루가 없는 하늘 아래 정연하고 아름다운 도시, 워싱턴기념탑이 옛 수도다운 느낌을 준다. 짧은 역사에도 매년 천만 명 이상의 관광객이 찾아오고 있으며, 미국 역사를 만들고 보여 주는 도시다.

명문대학이 집결해 있는 곳으로도 유명하다. 공부하는 것보다 재미있고 즐거운 일은 없을 것이다. 미국 체류 동안 많이 보고 배우고 싶었는데, 학교와 도서관에서 학생들이 공부에 몰입하는 광경을 보며 이 힘이 미국을 움직이고 있다는 생각을 하였다. 점심도 거르는 학생, 정규 수업이 끝났는데도 밤새도록 자율학습을 계속하고 있었다.

학교생활과 입학 준비과정을 직접 들을 수 있는 MIT공대에 들어섰더니 현관 입구에 이 학교를 도운 김우중 회장의 메달이 새겨져 있었다. 청교도 정신이 살아 숨 쉬는 곳, 아름다운 집들이 들어선 비콘 힐과 강 건너에 러브스토리의 배경이 된 하버드대학이 자리 잡고 있다. 그 외 호텔학과로 유명한 코넬대학, 역사학으로 유명한 프린스턴대학, 법대로 유명한 예일대학 등이 있는데, 그 중 하버드대학은 입학이 대체로 쉬우나 졸업이 어렵다.

학생들에게 몇 시간 동안 공부하느냐고 물었더니 하루 15시간 밖에 하지 않는다고 했다. 하버드대학 안에 200여 개의 캠퍼스가 있다. MIT공대 80여 개 캠퍼스의 뉴턴관, 다윈관은 특색 있는 도서관 역할을 하고 있었다. 매사추세츠(Massachusetts) 주의 보스턴은 미국 건국 200년의 역사를 간직하고 있는, 최초로 독립한 도시이다. 인구는 60만 명 정도이며 뉴욕에서 4시간이 걸린다.

미국 최초 퍼블릭 스쿨(public school)인 보스턴 퍼블릭 라틴 학교가 1635년에 설립되고, 다음 해에는 미국 최초의 대학인 하버드대학이 창설되었는데 현재에는 대학들이 모인 교육 도시가 되었다고 한다. 700여 개의 하이테크 기업이 모여 있는 경제도시 이기도 하다.

주변 여러 도시를 합친 도시권 인구는 약 417만 명이다. 오늘 날에도 이곳은 미국의 전형적인 문화도시로 알려져 있으며 대학, 연구소, 박물관, 보스턴교향악단 등이 모여 있다. 17~18세기 건축과 20세기 건축이 섞여 있는 상징적인 도시 보스턴은 세계 유학생들이 모여드는 곳으로 일반대학 100여 개가 산재해 있으며, 중간에 찰스 강이 흐르고 있어 경관 또한 빼놓을 수 없다.

나이아가라 폭포와 오대호 주변

세계 3대 폭포의 하나인 나이아가라 폭포에 매년 1,200만 명이

다녀간다고 한다.

도착시각이 늦어 폭포 주변은 불야성을 이루고 있었다. 미국에서 흘러 온 폭포수가 캐나다로 떨어진다는데, 말로 형언키 어려운 굉음과 장관이 세계적 관광지가 되었음은 물론이다.

다음 날 세 자매 섬과 뷰포인트 관광을 마쳤다. 나이아가라 폭포는 염소 섬을 경계로 미국 폭포, 면사포 폭포, 말굽 폭포로 불리우는 캐나다 폭포로 나누어진다. 인디언은 나이아가라 폭포를 '천둥소리 내는 물'이라고 하였는데, 실제로 엄청난 물소리 속에서 폭포의 밤을 맞이하였다. 나이아가라 폭포와 오대호 주변에 있는 월풀, 수력발전소, 꽃시계 등의 체험을 마쳤다.

슈페리얼 호와 온타리오 호수 주변에서 포도밭 농장과 뉴욕 농업은 놀랄 만큼 집약적이었다. 이 부근의 선샤인 데이, 거대한 포도밭, 사일로 농장지대, 제네바 마을, 워터루(Waterloo), 마돈나, 세네카(Seneca) 호수, 그린랜드 아일랜드 섬, 염소 섬, 바람의 계곡이 있고, 나이아가라 폭포는 빙하기 때 얼음자리였다고 한다. 미국 쪽은 바람의 동굴이고, 캐나다 쪽은 야경과 폭포의 정면을 볼 수 있다.

미국을 건너 소용돌이 나이아 강을 따라 월포에서 세인트로렌스 강물을 따라 가고 오는 데 하루가 걸렸다. 트리펀 왼쪽으로는 포도밭, 오른쪽으로는 골프장이 펼쳐졌는데, 49도 선을 기준으로 남쪽은 미국, 북쪽은 캐나다로 국경이 나뉘었다.

토론토에서 4시간 걸려 도착한 천섬은 1,000개의 섬이 떠 있는 것에서 비롯된 이름이라고 한다. 천섬 주변에는 동화에나 나올 법한 장난감 같은 집들이 자리 잡고 있었다. 유람선으로 한 바퀴

도는 데 한 시간이 걸렸다. 몬트리올, 퀘벡의 구시가지는 서울의 인사동 거리와 같았다. 캐나다 제일의 도시, 온타리오 호수를 끼고 있는 밴쿠버 근교를 돌아본 후 다시 뉴욕으로 돌아오는 길도 너무 멀고 지루하였다.

올림픽이 개최되었던 몬트리올 주변에 있는 세계 제일의 성 요셉 성당, 노트르담 사원, 루이 14세 광장, 다름 광장을 뒤로 하고 캐나다 국경을 통과하여 다시 미국으로 돌아왔다.

크루즈로 본 Alaska

영어로 탐방하는 얼음 땅 알래스카

　탐험의 땅, 알래스카가 새롭게 부상하고 있다.

　광활한 대륙을 경비행기로 누비며 만난 매킨리 산, 데닐리 국립공원, 홀 게이트 빙하와 고래가 기다리는 키나이 해상국립공원, 특히 에스키모, 러시아, 미국의 문화가 미묘한 조화를 이루고 있는 알래스카의 흥미로운 모습을 볼 수 있는 박물관을 보며 자연을 한눈에 즐겼다. 독특한 알래스카의 특산물을 구입할 수 있는 상점들이 방문객을 반기고, 한인 6천여 명이 탄탄한 기반을 잡고 있어 친근감이 더한 곳이기도 하다.

　러시아 땅에 붙어 있는 북극 알래스카 여행은 미국 땅이지만 캐나다를 거쳐서 가야 한다. 거리가 멀고 얼음 지역이어서 여행하기에 쉽지 않은 곳이다. 다시는 가기 어려울 것 같아서 크루즈(Cruise) 여행을 주선하였다. 알래스카는 여름 전후, 한철만 크루즈 여행이 있기 때문에 일 년, 혹은 한두 달 전에 예약이 끝나서 쉽지 않은 여행이었다. 대형 호화 유람선으로 움직이는 호텔 관광이어서 소위 부유층의 전유물인 것처럼 알려진 크루즈 여행이다.

알래스카는 여름 한철의 특이한 생물과 빙산을 보는 것만으로도 최고의 관광이다. 따라서 여름 성수기는 2,3개월, 심지어는 일 년 전에 예약해야 여행 경비를 절감할 수 있고 예정했던 기간에 다녀 올 수 있다는 정보를 모르고 있었다. 8월 예약은 7월에 매진되어 포기하려다가 미국인 전용 크루즈 여행사를 체크하였더니, 홀랜드 아메리카 라인(Holland America line)의 대형 빈댐(VEENDAM)호에 객실이 몇 개 남아 있었다. 그 대신 안내자 없이 영어로 말해야 한다. 미국인 가족 여행객이 대부분이어서 안내자 없는 것이 염려가 되었다.

'여행은 고생을 동반해도 즐거우면 된다'고 하였지만 처음부터 계획에 없던 여행이었기에 마음이 편하지 않았다. 어찌 보면 맹목적인 여행길이 될 것 같아 출발 일이 가까워 올수록 걱정이 되었다. 젊은이도 아닌데다 영어도 불통이고 긴 여행 일정을 어떻게 수용해야 할지 참으로 암담한 심정이었다. 마치 알래스카의 얼음 덩어리에 짓눌린 느낌이었다.

출발 일주일을 앞두고 여행안내 책자와 크루즈 경비, 비행기표, 기차표 등 영어로 된 서류가 우송되어 왔다. 회사를 방문해 달라는 것도 없고 입금 확인하느라 며느리와 몇 마디 주고받았을 뿐이다. 캐나다 입, 출국 수속, 비행기 탑승, 크루즈 승선 절차와 알래스카의 기후, 지방 특색을 며느리가 번역해 주어서 이해하기 시작하였다. 이런 어려운 여행을 할 필요가 있나 싶어 예약 취소도 생각했지만, 이미 여행 통지서를 받은 뒤여서 그냥 부딪쳐 보자는 마음으로 준비했다.

출발 일은 어김없이 다가오고 말았다.

캐나다 해안의 아름다운 항구에서

아무튼 즐거운 마음으로 전자사전과 안내서, 알래스카 정보 인쇄물, 카메라 등을 챙기고, 집사람은 몇 가지 옷을 가방에 챙겨 얼음나라 여행 장도에 올랐다.

캐나다 에어라인 대형 항공기가 산뜻한 LA 하늘로 날아올라 캐나다 밴쿠버에 도착했다. 입국하기까지 나에게는 북극 여름하늘이 얼어붙은 것 같았다. 비행기 창 쪽에 앉은 아내는 알래스카 열도의 비경과 만년설의 빙하를 창밖으로 보는 듯하더니 이내 졸고 있다.

밴쿠버 공항에 착륙한 나는 서둘러 한국 얼굴을 찾아 실례합니다. 한국인이요? 하고 물었지만 일본인, 중국인들이었다. 그냥 부딪쳐 보는 수밖에 도리가 없었다. 미국인에게 접근할 때마다 실례합니다는 말로 캐나다 입국 수속을 마치고, 크루즈 빈댐 호가 정박해 있는 밴쿠버 시내 외곽으로 미국인들을 따라서 승선 수속을 하는데, 국제무역센터 테러 이후 입출국 수속이 까다로웠다.

우리 부부는 지문 날인 절차까지 마친 후에 승선하였는데, 등에는 식은땀이 흥건하고 입은 말라 입술이 타고 있었다. 배 안에도 승무원을 제외하고는 승객 모두가 미국인이고 영어를 못하는 사람은 우리 부부뿐이었다. 비로소 우리 숙소에 들어가 긴장을 풀고 마음을 놓으니 잠이 쏟아졌다.

다음날 배 주위를 둘러보았더니 가족과 함께 온 어린이들이 많이 눈에 띄었다. 왼쪽으로는 태평양, 오른쪽으로는 알래스카 항구와 캐나다가 번갈아 나타났다가는 사라졌다.

밴쿠버, 케치칸, 쥬노, 스카그웨이, 앵커리지 순으로 항구를 찾아 버스나 소형 배, 또는 경비행기로 선택 관광을 하게 되었는데, 정해진 시각에 배로 돌아오지 않으면 출발해버린다는 말에 시간 지키기에 신경을 써야 했다.

첫 항구 케치칸까지 밤낮으로 긴 항해가 계속되는 동안 선내에서는 최고급 식사와 공연, 쇼, 수영, 카페 등 많은 부대 위락시설을 즐기며 밤낮을 흥청거렸다. 밖을 보면 육지와 숲이 다시 산과 바다로 바뀌고, 한때는 사방이 바다가 되었다. 마치 태평양 한가운데라는 착각을 했다가 이내 산봉우리마다 하얀 얼음 모자를 둘러 쓴 산과 계곡들이 계속되었다. 해안선을 따라 항구마다 정박하여 안내를 받아 답사하고 승선하는 선택 관광을 하였는데, 한 지역마다 30여 군데를 선택해서 볼 수 있는 관광지가 지정되어 있었다.

배에서 내려 버스를 타고 멘델홀(Mendenhall) *그레이셔(Glacier) 지역의 대 빙산을 만났다. 수많은 얼음산과 계곡에 방대하게 자리를 깔고 앉은 빙산은 몇천 년 동안 여름에만 조금씩 녹은 것이 이제 반쯤 녹았다고 한다. 앞으로 언제쯤 저 얼음이 다 녹아서 물이 되는지 과학자들의 말을 들어 보아야 할 것 같다.

그레이셔를 바라보는 크루즈의 생활

크루즈 선내의 저녁만찬 때 팀 파티와 대화, 자기소개로 어설픈 소개와 인사를 나눈 후 만나는 사람마다 인사를 했다.

'1988년 서울올림픽을 아는가? 나는 남쪽 한국인으로, 미국 캘리포니아 LA에서 살고 있다. 영어는 조금밖에 못한다.'고 말했다. 두 번 만찬 때에 만났던 커플과 저녁 지정석에서 만났던 미국인들은 이제 친구처럼 가까워졌다. 그들의 친절과 협조정신은 어느 민족보다 뛰어났다.

방송을 따라 갑판 위로 이동하여 바라보는 하베스홀(Herbert Glacier)의 거대한 빙산은 큰 산과 계곡이 얼음으로 채워져 있고, 바다의 반쪽이 얼음이었다. 빈댐 호로 2,3백미터까지 접근하여 두어 시간 지켜보는 동안, 21번이나 얼음벽과 얼음기둥이 무너지면서 몇 천 년 침묵을 깨는 고함 소리로 우리를 놀라게 했다.

동 식물이 출현하고 얼음 덩어리가 유영하는 바다! 바람 없는 여름 햇볕에 수시로 떨어져 나오는 얼음 조각은 하얀 물새 떼 같았고, 큰 덩이는 80%가 잠긴 채 바위처럼 떠서 물개, 물새들에게 휴식처가 되는 모습이 통영 앞바다의 굴 양식장을 떠올리게 하였다. 다만 크기와 움직임이 다를 뿐이었다.

알래스카는 평소 내 생각과 너무나 달랐다. 가는 곳마다 변화 있는 절경, 풍부한 천연자원과 태초의 자연이 그대로 보존된 비경이 산재해 있어 지구상에 마지막 남은 지상천국을 연상케 하였다.

알래스카 남쪽 해안이어서인지 산줄기마다 형성된 수백 미터의 얼어붙은 폭포와 맑은 호수 주변으로는 온갖 꽃들이 한들거리고,

옆으로는 수목들이 울창하게 숲을 이루고 있었다. 북 미주 최고봉
이라는 마제스틱(Majestic) 마운틴(Mt) 매킨리(Mckinley)의 만년
설의 빙하가 여름에는 일 미터 움직이고, 일 년에는 10미터가 변
한다는 장면은 자연 다큐멘터리 영상을 확인한 셈이다.

고래나 빙하가 나타날 때마다 선내 방송을 하는데, 무슨 말인
지 모르지만 다른 사람들 따라서 구경하고 소리 지르며 거짓 없
이 감탄하였다. 어린이들이 손짓하며 환호를 보냈다. 육지에 내
리니 빙하가 녹아서 희부옇게 보이는 바닷물 속에는 자기가 태어
난 곳을 어김없이 찾아온다는 연어 떼가 숨을 헐떡거리며 관광객
들을 매료시켰다.

기차 여행으로 떠난 앵커리지

처음 만나는 승무원이나 곁에 앉아 식사를 했던 사람, 줄을 섰
던 앞뒤 사람들에게 인사를 했더니 다음에 만날 때에는 일본인이
냐고 물었다.

쇼핑할 때도 점원들이 그렇게 묻는 것을 보고 많은 일본 관광객
들이 먼저 이 길을 다녀갔구나 하는 생각이 들었다.

산으로, 도시로 선택 관광을 나가 구경하라는 안내방송이 나에
게는 소귀에 경 읽기였다. 그때마다 미국인들 따라 나서서 육지에
서 선택 관광을 했다.

연어 떼가 우글거리는 하천, 양식장, 가공공장, 민속촌, 빙하
지역과 작은 섬, 항구 중심 상가 등에서 관광이 이루어졌는데,

출입 시각을 놓치면 동반관광이 불가능하다고 하였다. 케치칸, 쥬노, 스카그웨이, 시어드 등 항구에 정박한 후 시간이 되면 점검도 없이 입출항을 계속하였기 때문이다.

저녁마다 다음날 프로그램을 배달해 주는 일정 내용도 온통 영어로 정리해 놓아서 영어사전으로 낱말을 찾느라 신경을 쓰는 중에 또 두 가지 문제가 생겼다. 우리말로 이야기하면 쉽게 해결되겠지만 나의 어설픈 영어로 설득하기란 매우 어려웠다. 하나는 방안의 물품 분실이었고, 다른 하나는 현금거래가 되지 않는 선내와 선택 관광에서 지출되는 비용을 모두 방(Room) 카드(Card)로 결제하는데 총액 계산서만 배달해 주곤 했다. 그런데 그 모든 비용들이 비자 캐시 카드에서 지출되게 사인되어서 수정하지 않으면 이중 지출이 되는 점이었다.

누구와 의논할 수도 없어서 프런트에 가서 서너 차례 경위를 말하여 물품은 변상 요구로 처리하고 중복 지출은 서류에 작성 날인하여 속시원하게 해결하니 비로소 마음이 놓였다.

스카그웨이에서 마지막 항구 시어드까지는 관광용 기차 여행으로 빙산과 해안을 따라 알래스카 앵커리지 공항까지 꼬불꼬불 산과 터널을 지났다.

비행장에 도착한 우리 부부는 북극의 찬바람을 마셨음에도 감기에 걸리지 않고 즐거운 여행이 되었다는 이야기를 나눴다. 드디어 앵커리지 공항에 도착하여 알래스카 본토 체험에 들어갔다.

연어 떼의 귀향지 얼음꽃 알래스카

지구상 마지막 개척지, 대자연을 즐기며 휴식하기 좋은 곳, 앵커리지에서 조금 떨어진 곳, 바다로 흐르는 시냇물은 빙하 녹은 물과 땅 속에서 솟아오르는 맑은 물이 섞여 쉴 새 없이 개울이 조잘거리고, 그 추위에도 싱그러운 풀 향내가 풍기고 있었다. 주위에 곰이 있다는 경고문이 게시판을 지키고 있었다. 알래스카 빙하의 정수, 프린스 윌리엄 사운드 뷰에서는 바다표범, 수달, 고래, 바다새 등과 어울려 강물을 차고 올라가는 연어 떼를 여기저기서 볼 수 있었다. 얕은 개울 바닥에서 헤엄치느라 물 밖으로 지느러미를 내놓는 연어의 역동적 모습이 장관이었다.

펄테이지 마을 반대편에 알래스카(Alaska) 와일드(Waild) 파크(Park)에는 상처 입은 곰, 발이 하나 없는 짐승, 엄마 잃은 아기 곰 등이 보호되고 있었는데, 그것들의 아픔이 느껴져 눈시울이 뜨거워졌다.

알래스카 1번 도로 스워드 하이웨이를 남으로 달려 폴테이지 호수를 들러 앵커리지 동쪽 바다인 터마게인(Tumagain arm), 서쪽으로 처가치(Chugachi) 산맥의 빙하를 이고 있는 산 주변의 국립공원을 보았다.

프린스 빙하 관광을 끝낸 후 까마귀 계곡의 금광으로 갔다. 입구에 한글로 된 마켓을 발견하였는데, 이런 곳까지 한국 사람이 정착해 살고 있다는 사실이 놀라웠다. 인디언 발리 금광을 둘러보고 오면서 연어 공장과 판매장에서 쇼핑을 마쳤다. 이곳은 주 전체가 석유, 광산, 관광사업 등 풍부한 자원국이어서 사회복지

시설과 정책이 잘되어 있다고 한다. 세금이 적고 교육, 노인 복지가 특이하다는 것이다. 그러나 여름 3개월과 짧은 봄, 가을을 뺀 길고 긴 겨울 동안 눈과 얼음에 갇혀 스키와 사냥이 이루진다고 하였다.

마지막으로 앵커리지 노드스트롬(Nordstrom) 백화점과 역사 박물관을 돌아 정든 알래스카를 떠났다.

지금도 빙하의 관광과 빙벽의 굉음, 얼음기둥이 넘어지는 고함 소리를 잊을 수 없다.

  * Glacier : 지역의 의미로 빙하

바람의 도시

　가도 가도 망망대해, 비행기는 오클랜드 공항 위 하늘을 날아
간다. 뉴질랜드의 국제공항이다.

　가이드로부터 호주인들이 한국인을 부러워하는 것 다섯 가지
가 있다는 이야기를 들었다. 한국인은 패션이 다양하고, 피부가
곱고, 친절하고, 긴 역사가 있고, 계산 능력이 우수하다고 했다.
그런데 우리가 호주나 뉴질랜드에 비해 잘살지도 못하면서 그 자
랑을 기뻐할 수만은 없었다.

　북반구 초록의 나라 뉴질랜드! 인구 약 350만 명이 수도 웰링
턴을 중심으로 전국에 흩어져 살고 있으며, 북 섬과 남 섬으로
구분되어 있다. 비가 오거나 비 오기 전날을 빼고는 바람이 불었
다. 바람이 많은 나라에서는 바람을 이해할 수 있어야 한다는 것
을 느꼈다.

　환태평양 지대의 화산섬으로 화산, 온천이 많고 연중 온화하여
풀이 자라기에 좋다. 우리나라 여름에 해당하는 겨울철에는 비가
많이 내린다. 두 개의 큰 섬으로 이루어져 있으며, 인구는 북섬에

많이 살고 있다. 남섬은 남극 탐험 전진기지가 있는 크라이스트 처치와 만년설을 이고 있는 고봉, 빙하의 침식으로 녹아 이룬 호수, 피오르드 해안이 있다. 이 나라도 자연의 은혜로 발전한 나라 중의 하나다.

바람의 도시 오클랜드는 뉴질랜드 최대의 도시다. 우리나라 제주도와 비슷한 분위기지만 바람이 비의 양을 조절하여 낙농업을 발달시켰다고 한다. 이 도시에는 사람 수보다 두 배나 많다는 700만 마리의 양이 초록 융단 같은 풀밭에 방목되고 있다.

주요 관광명소로 오클랜드 전체를 조망할 수 있는 사화산의 분화구가 있는 에덴동산, 남태평양 최고의 박물관으로 이 지역 원주민들의 유물과 뉴질랜드 원주민인 마오리족의 유물 전시관, 초기 백인 이주민들의 정착과정과 뉴질랜드가 참전했던 전쟁기념 자료, 뉴질랜드 특유의 동 식물 및 광물에 관한 자료를 모은 '자연사박물관'이 전쟁기념관, 하버브릿지, 수족관, 누드비치 등을 거느리고 있었다.

오전 10시, 우리 일행은 '교통과학박물관'에 들렀다. 기계의 원리와 개척, 발명 과정을 자세히 전시하여 배움터로 만들어 둔 것이 놀라웠다. 주변의 녹음과 함께 신비로움을 더했는데, 여기 간헐천의 특색은 특유의 무기질 성분이다. 영국 엘리자베스 여왕도 들러 이곳에서 승마를 즐겼다고 하는데, 세계 시인들이 아름다움을 노래하고 정치가들이 와서 정책을 구상하는 곳이라 했다.

마우리 민속촌인 화카레아레아 간헐천과 진흙 열탕은 이색적이었는데, 이곳 로토루아 주변은 땅을 파면 쉽게 온천물이 나온다고 한다. 땅에서 뭉게구름처럼 흰 연기가 솟았는데 이 지열로 무공해

지열발전소, 천연가스 발전소로서 전력을 충당하고 있었다.

어느 곳에나 전설은 있다. 한 마오리 추장의 딸이 다른 추장의 아들과 사랑하게 되었는데, 아버지가 이를 못마땅히 여겨 허락하지 않자 딸이 호수를 건너서 섬의 애인한데로 달아났다는 이야기가 있다. 이 내용을 담았다는 우리에게도 익숙한 원주민의 노래 「연가」를 따라 불렀다.

'비바람이 치던 바다 잔잔해져 오면/ 오늘 그대 오시려나 저 바다 건너서/ 그대만을 사랑하리 내 사랑 영원히 기다리리…'

온천도시 로토루아는 여기저기 수증기가 머물러 있는 마을이지만 간단히 온천으로 뛰어들 수 있는 것은 아니다. 호텔, 일반가정에도 온천을 모방한 곳이 많지만, 가장 손쉽게 온천을 즐기려면 가버먼트 가든 남쪽 옆에 있는 폴리네시안 풀로 가야 한다. 여기에는 퍼블릭 풀과 프라이빗 풀이 있는데, 수영용의 온수풀과 천천히 몸을 풀기 위한 미네랄풀로 나뉘어 있으며, 각각 4가지 온도의 풀이 있다.

기차가 동물원으로 연결되어 있었는데 이처럼 문화관광 벨트가 이어져 많은 것을 느끼게 했다. 산에 가면 자연을 이해하고 섬에 가면 바람을 이해해야 사랑할 수 있다고 했듯, 자연의 나라 뉴질랜드는 바람의 도시 오클랜드가 있기에 남반구에서 각광을 받는다고 생각했다.

나에게도 한번쯤 바람이 불었으면 하는 마음으로 돌아왔다.

환상의 대륙

아는 것만큼 보고, 보는 것만큼 느낄 수 있는 것이 여행의 견문이다.

기내의 창으로 호주 땅이 내려다보였다. 끝없이 펼쳐진 녹지대, 빨간 지붕과 큰 나무들이 그림 같은 평화로움과 함께 이국의 풍경이 펼쳐졌다. 서울에서 12시간, 브리스베인을 거쳐 시드니 국제공항에 도착하였다. 싱가포르가 식물의 나라라면, 호주는 동물의 나라다.

호주는 대한민국의 78배 크기에 1,800만 명의 인구가 살고 있다. 호주를 발견한 영국의 내무대신 시드니 경의 이름을 따서 현재 이름으로 불리게 되었다는 시드니에 들렀다. 뉴사우스 웨일즈 주의 수도이며 세계 3대 미항 중의 하나인 시드니는 호주의 경제, 문화의 중심이며 우리에게 가장 잘 알려진 도시이다.

시드니는 해안선을 따라 펼쳐진 활기 넘치는 항구도시다. 우아한 건축미를 자랑하는 오페라하우스, 전장 503m의 하버브릿지, 항만의 경관과 쇼와 음식을 즐길 수 있는 유람선, 시드니 역사가 시작된 록스 지역 및 다아링하버, 서핑의 메카인 맨리와 본다이 비치, 바비큐를 즐기며 한적하게 해수욕을 할 수 있는 와타몰라 해변, 호주 동물인 코알라, 캥거루, 오리너구리, 에뮤, 왈라비를 관람할 수 있는 웨더데일 동물원, 원주민의 전설이 깃든 블루마운틴 국립공원, 부메랑 쇼, 양털깎기 쇼, 포도주 시음 및 전통 스테이크를 즐길 수 있는 글래드스우드 전원목장 등이 주요 관광 명소이며, 어디서나 바비큐 파티를 즐길 수 있었다.

오페라하우스는 1956년, 세계 32개국 223개의 설계 공모 작품 중 덴마크인의 작품이 채택되어 세워졌는데, 5개의 공연장으로 14,300여 명을 수용, 관람할 수 있다. 조개 모양의 지붕으로 106만 장의 타일이 덮인 이곳에는 날마다 세계의 관광객들이 몰려들고 있었다.

항구 주변을 도는 유람선 캡틴쿡 크루스 호와 엘리자베스 호를 타고 1시간 30분 동안 시드니만 서쪽과 피라미라 강을 유람하게 되었다. 뷔페 식사와 함께 가수가 아리랑과 메기의 추억을 불러 관광객들을 즐겁게 했다. 시드니 정경을 한눈에 보며 미항의 경관을 추억으로 남겼다.

브리스베인은 한국전쟁 때 맥아더 장군이 이곳에서 작전을 세워 인천상륙작전이 성공을 거두게 되었다는, 우리나라와 인연이 깊은 곳이다. 활기찬 아열대 도시 브리스베인은 브리스베인 강을 따라 옛것과 새것이 조화를 이루고 있었다. 존 오클리에 의해 죄수들의 유배지로 세워진 브리스베인은 신흥도시에 속하지만 근래에 '88세계 무역박람회(WORLD EXPO 88)'로 급속도로 발전을 하였으며, 지금은 예술가의 활동이 활발한 문화의 도시이다.

도로 이름도 영국 귀족의 이름을 따서 지었다는데, 특이한 것은 동서로 통하는 도로는 여자 이름을, 남북으로 통하는 도로는 남자 이름을 따서 길을 찾기 쉽게 해 놓았다.

시드니 북쪽 100km 거리에 있는 호주의 그랜드캐니언이라는 블루마운틴 국립공원으로 높은 산들이 중첩되어 폭포와 기암이 절묘하게 조화를 이루고 있다. 온 산을 뒤덮은 유칼립투스 나뭇잎에서 증발하는 알코르 성분으로 인해 이 나뭇잎을 먹고 사는 코알라는 하루 19시간 이상을 취한 채 잠을 잔다는 특징 있는 도시였다.

골드코스트는 42km에 이르는 해변과 함께 태평양의 아열대 수림 사이에 있는 세계적인 관광 휴양지로, 브리스베인에서 72km 떨어진 퀸스랜드 주 남동쪽에 위치하고 있다. 브리스베인 국제공항에서 차로 1시간 거리에 있으며 골드코스트 남쪽 끝에 쿨랑가타 비행장이 있어 편리하게 여행할 수 있다. 골드코스트 인구는 30만 명에, 인구 성장률이 연평균 7%로 호주에서 가장 높다.

42km가 해수욕장으로, 천혜의 바다로 조성된 골드코스트의 메인 비치는 남태평양의 산호와 조개가 잘게 부서져 은빛 금빛 모래알들이 파도에 밀려오며 장관을 이루고 있었다.

돌아오는 길에 하버브릿지와 오페라하우스의 전경이 한눈에 내려다보이는 캡 공원으로 향했다. 수십 미터가 넘은 절벽 양쪽으로 갈라진 틈이 있다고 하여 명명된 갭 파크(Gap park)는 영화 '빠삐용'의 마지막 장면을 촬영한 곳으로도 유명하다.

버나드 쇼가 와이토모 케이브의 개똥벌레를 '세계 8대 불가사의’ 하나로 든 것은 너무나 유명하다. 동굴 속 천장을 꽉 메운 청록색으로 빛나는 개똥벌레의 모습에 그저 아연할 뿐이었다.

저녁 9시 30분에 로토루아를 떠나 와이토모 동굴에 11시에 도착했다. 1시간의 휴식시간이 있어서 그 사이 동굴에서 개똥벌레를 볼 수 있었다. 보트를 타고 캄캄한 동굴 깊숙이 들어가면 밤하늘에 빛나는 무수한 별처럼 개똥벌레의 신비한 빛이 눈에 들어온다. 정말 자연의 경이로움이었다.

나는 파도 소리와 함께 쌍무지개 뜨는 호주를 품고 있는 남태평양을 가만히 안아볼 수 있었다.

음악 기행

음악같이 흐르는 여행!

템스 강에도, 센 강에도 강물 같은 음악이 흐르고, 몽블랑과 로렐라이 언덕에도 음악이 있고, 베네치아에서도 음악이 있다. 아름다운 나라를 만들고 있는 서구의 도시들은 문화, 예술이 있었기에 가능하다고 생각되었다. 그 나라 특유의 예술, 즉 민속 문화를 눈으로 보는 것이 그 하나요, 다음은 특산물이나 음식을 맛보는 일이다. 그리고 그 마을 사람들과 하루를 같이하며 체험하는 일이다.

사철 안개꽃이 핀다는 영국에서의 첫날부터 그 나라의 특별한 민속 문화, 음악, 예술이 밑거름이었다는 것을 알았다. 생활음악이 곳곳에 널려 있어 즐거움을 느낄 수 있었기 때문이다.

음악은 산소다. 산소 같았던 유럽여행을 나는 지금도 잊을 수 없다. 여행지 곳곳은 물론 유원지, 놀이터에도 음악이 흐르고 있었다. 많이 보고, 많이 느끼고, 많이 경험해야겠다는 3험을 생각한 영국 여행이었기에 부지런히 다녔다. 바티칸 궁전의 박물관,

이 나라의 전통과 어울려 차원을 높여 주었다. 건축술이 그렇고 전시물이 그러했다. 박물관을 중심으로 여러 영역이 조화를 이루고 있는 퓨전 문화가 일찍이 발달한 나라였다.

가는 곳마다 넓은 초원에 비발디의 『4계』가 흐르고 있었다. 버킹엄 궁전 뜰에는 항상 음악이 흐른다고 한다. 템스 강 유람선 갑판에서 바라다 본 강물은 역사처럼, 음악처럼 흘러 인공과 자연의 조화된 아름다움을 느끼게 해주었다.

시내로 나와 케임브리지대학까지 이어지는 이층버스에서 잠시 바라본 창밖의 풍경, 광활한 초원, 자유로운 목장, 끝도 없는 밭 이랑은 음악 없이도 아름다움 그 자체였다.

잠이라도 실컷 잘 요량으로 밤배 침대에서 뒹굴며 영국해협을 빠져나와 네덜란드로 건너 왔다. 풍차가 세월을 돌리고 있는 특색 있는 나라다. 히아신스, 튤립 꽃들이 만개한 시가지 암스테르담, 국제항 로테르담을 보며 오늘부터는 여기서 이삼 일 묵으면서 렌터카로 독일, 프랑스, 이태리로 갈 계획을 세웠다.

풍차로 사는 행복한 나라, 육지가 수면보다 낮아 바닷물을 퍼올리는 풍차의 근면성을 보면서 이 나라 국민들의 자연극복에 대한 표본을 본 것 같았다. 인간의 3대 투쟁을 여기서 체험했기 때문이다. 인간은 자연을 극복하고 적응함으로 오늘을 살아간다. 튤립을 아름답게 가꾸며 스스로를 풍차처럼 돌리는 사람들에게 주어진 나라, 나라꽃으로 인하여 더욱 아름다운 나라다. 험난한 산을 정복하는 것도 자기 자신과의 투쟁 없이는 불가능하고, 여행도 연속되는 자기와의 싸움을 실천에 옮기는 작업인 것이다.

한 몸이 되어 행복하게 사는 나라 독일을 보며 부러웠다. 독일은 국토의 분단이어서 쉽게 통일될 수 있었지만, 우리나라는 민족 분단이어서 통일되기 어렵다고 하니 안타까운 마음이 앞선다.

센터룸 역에 도착, 모파르 시 라인 강을 끼고 달리는 차창 밖에는 저 멀리 로렐라이 언덕이 있다고 했다.

아름다운 언덕, 마침 자연이 컬러로 채색되고 있었다. 그러나 아무것도 없는 언덕, 그런데도 세계인이 감동하고 있는 로렐라이 언덕을 사람들이 거닐고 있었다. 하이델베르크의 성지를 보면서 옛 철인들이 다녔다는 다리도 구경했다.

주마등처럼 흐르는 시간 앞에 주섬주섬 챙긴 도시와 문화재, 특산물들을 골고루 확인하며 견문을 넓혔다. 다음날 바덴바덴을 지나 네덜란드에서 타고 온 렌터카로 곳곳의 문화재를 구경하며 사람들을 만났다.

아름다운 설경과 음악이 어울려 세계 관광객이 넘치는 스위스를 찾았다. 어디를 가나 호수와 땅, 아름다운 지붕이 어울려 한 폭의 그림이다. 알프스의 설경, 융프라우봉 가까이 있는 레만 호수를 지나면서 세상에 이렇게 아름다운 나라가 있나 싶었다.

국제사법재판소가 있고 알프스 산록에 정밀산업으로 알려진 나라, 시계 하나로 세계에 우뚝 선 스위스는 다시 찾고 싶은 나라로 기억되었다.

국경을 넘어 이탈리아의 베네치아로 계속 강행군을 하였다. 성을 연결한 다리가 400개, 세계 제일의 쇼핑가인 국제 무역항이 있는 곳에서 다시 섬으로 가면서 쇼핑을 겸한 일정인데도 바쁘게 서둘러 며칠도 머무를 수 없었다.

"물결 춤춘다 바다 위에서/ 흰 돛단배도 바다 위에서…"

유명한 산타루치아를 뒤로 하고 남부 이탈리아 만 베수비오 화산을 바라보며 찾은 나폴리 항은 세계 3대 미항 중 하나다. 피렌체, 로마, 밀라노, 베네치아와 더불어 찬란한 문화의 꽃이 피웠다고 하는데, 해마다 여름이면 화려하게 꾸민 이동 무대에서 베네치아 음악제가 열리고 이류 연주가들이 바그너나 베르디의 곡을 연주한다. 로마에는 국립아카데미음악원과 음악학교가 있어 음악의 나라라 할만하다.

　다시 프랑스 국경을 들어서서 샤모니에 도착하여 케이블카를 타고 알프스 산을 오르는데, 몽블랑 4,807m 정상은 눈과 구름과 산이 장관을 이룬 3악장 등산 코스로 세계 스키어들이 다 모여드는 곳이다. 프랑스는 우리나라와 같은 온대성 기후로 온화하여 다니기에 익숙했다.

　'파리' 하면 샹젤리제를 연상시킬 만큼 샹젤리제 거리는 세계 관광객이 붐비는 곳이다. 에펠탑은 세계의 명물이다. 루이 15세, 16세 시대의 건축물이 지금까지 관광객을 맞고 있음을 보고 감탄하지 않을 수 없었다.

　19세기 말, 화가와 시인들이 모여들었던 장소, 몽마르트 언덕을 지나 샹젤리제 거리를 걸으며 많은 생각을 하였다. 그 외에도 나폴레옹의 전쟁 개선문, 루브르박물관, 나토, 센 강 부근으로 모여드는 관광객을 뒤로하고 포도주 맛 같은 프랑스를 떠났다.

이즈하라 항

가깝고도 먼 섬나라, 슬픈 대마도를 보았다. 일본 본토에는 누구나 한두 번은 다녀왔을 테지만, 대마도(쓰시마)는 지금도 관광지가 아니라 해서 외면당하고 있는 처지였다.

한민족의 자취가 곳곳에 어려 있는 대마도는 이제 막 개발이 시작된 듯했다.

최익현 선생 순국비, 고려문, 만송원, 박재상 기념비, 와니우라 조선 역관사 수난비, 미네 역사자료관, 조선통신사의 행렬, 조선 선사의 비를 돌아보는 마음은 안타깝기만 했다. 유적 주변의 보호 시설은커녕 표지판과 이정표조차 잡초에 묻힌 채 글귀가 퇴색되어 있었다. 정오에 뱃길 하객들에게 '고향의 봄' 노래를 선사했지만 오래도록 가슴속의 회한을 금할 수 없었다.

백제 문화가 일본으로 전파되는 중간에서 영향을 받은 잔해들이 지금은 낡고 폐허가 되어 있다. 이제는 세월의 뒤안길에서 이국 하늘을 지키는 꼴이 되어 이즈하라 항의 하룻밤 잠자리를 괴롭히고 있었다. 뱃길로 두어 시간이면 갈 수 있는 역사의 땅을 지척에 두고 외면해 온 것 같아서 가슴이 아팠다. 일생 처음이자 마지막이 될 수밖에 없는 이즈하라 항(嚴原港)에서 만감이 교차되는 하룻밤을 지새웠다.

작게 보이는 쓰시마가 참으로 무서운 섬이었다는 것을 알게 되었다. 제2차 세계대전 이전에 러일전쟁을 구상하고 감행할 수 있도록 부추긴 쓰시마 섬, 아소만 해협! 일본은 세계를 정복할 야심을 품고 있었지만, 러시아 발틱 함대의 위력에 주눅이 들어 있었다. 일본군은 아소만에 해군을 매복시켜 놓고 일부는 대한해협 진해만 가깝게 배치한 후 러시아 발틱 함대를 초청, 그 위력을 살피기로 했다.

발틱 함대가 항해를 시작하여 무방비상태로 쓰시마를 지날 무렵, 아소만(淺茅湾)에 매복한 일본 함대와 항공기의 공습을 받아 완전 패배하고 겨우 6대만 귀환하여 국민들의 원성 속에 볼셰비키 정국이 무너지게 되었다. 일본은 이에 기세를 얻어 진주만 공격을 시작으로 제2차 세계대전이 일으켰으니, 쓰시마 섬이 너무나 크게 보였다.

오늘 따라 미풍이 이따금 지날 뿐이어서 그 역사적 거사를 입 다물고 있는 듯했다. 에보시다께 산 전망대(鳥帽子·岳展望臺), 카미자카 전망대(相見坂展望臺)에 차례로 올라 조국 대한민국을 바라보았다. 36년 동안 엄청난 고통을 주었던 일본의 야심을 생각하니 분개가 솟구쳤다.

전망대에서는 한쪽 팔만 뻗어도 한국 땅에 닿을 것 같았다. 유적이라도 관리해서 조상들의 영혼을 달래야겠다고 생각했다. 그러나 아소만 동, 서해를 잇는 만제끼바시(萬關橋)는 말없이 일상에 바쁜 사람들만 건네주고 있었다.

안타깝고 가슴 아픈 사연은 지워지지 않은 채 이즈하라 밤은 깊어만 가는데 관리되지 않고 있는 우리 유적과 사적을 생각하니 잠이 오질 않았다.

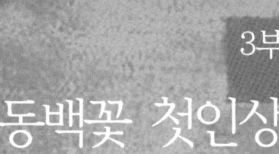

3부

동백꽃 첫인상

바지와 치마

어린이들의 옷 색상에 관한 기호도 조사를 하였다.

우선 옷 색상이 원색에서 시작된다는 것, 그 기능과 역할이 분명하게 드러났다. 유치한 생각은 단순하기에 원색을 좋아한다. 남자, 여자아이들의 바지와 치마에 대한 기호가 실제와 달랐다. 그런데 왜 남자에게는 바지, 여자에게는 치마를 입히게 되었는지 밝혀지지 않았다. 여자에게는 아름다운 치마가 어울리고 남자는 활동적인 면을 고려하여 바지를 입힌 것으로 볼 수 있지만, 각자의 욕구와는 다르게 나타났다.

'옷이 날개'라고 하는 말은 옷차림에 따라 그 사람의 인상이 달라지기 때문이다. 멋의 취향에 따라 화려한 옷, 우아한 옷, 사치스런 옷, 고액의 옷 등 다양하다. 그래서 옷을 못 입은 여성을 보면 주로 그녀의 '옷'에 주목하지만, 옷을 잘 입은 여성을 보면 그녀라는 '사람'에 주목한다. 고위층 부인들의 수천 만 원대 옷을 선물로 주고받았던 것도 뇌물로써 옷이 거래되었기 때문이다. 그만큼 값비싼 옷은 아름다움과 연관되어 있다.

아름다운 사람은 옷과 마음이 조화를 이루고 있는 사람이다. 외양과 내면의 조화가 아름다운 여인의 멋이라 할 수 있다. 가슴마다 그리운 사람을 묻어두고 살아야 영혼이 아름다워질 수 있다. 그리운 사람을 가슴에 묻고 살지 않으면 사막에서 샘을 찾아도 기쁘지 않고 가슴은 사막일 수밖에 없는 것이다.

바람이 만드는 모래 주름이 아름다운 것은 규칙 속에 숨은 불규칙 때문이다. 규칙만 생산하는 물리적 감정에 아름다움이라는 예술 감각을 수용하지 못한다면 조화를 기대할 수 없다. 사람의 옷 역시 아름다움도 외양과 내면의 조화가 중요한 것이다.

보약(補藥)

너나할 것 없이 요즈음은 건강에 너무 예민하다.

남자들은 정력에 효과 있는 스태미나식품이라면 누구나 관심이 대단하고, 여자는 피부와 날씬한 몸매를 가꾸는 방법이나 음식에 대해 신경을 많이 쓴다. 동의보감에도 모든 음식이 보약이라 했으나 많은 사람들은 흘려듣는다.

어느 부부 모임에서 음식과 건강에 대한 이야기가 중심을 이루었는데, 나이 많은 분이 말하기를, 남자에게는 낙지와 부추가 좋고 여자에게는 해초와 콩이 좋다고 했다. 각자가 예상했던 것과는 너무나도 달랐기 때문에 모두 의아한 표정들이었다.

예로부터 낙지는 보양식으로 농사일에 지친 황소에게도 날것으로 먹여 힘을 되찾았다고 한다. 그러니 남자들에게도 탁월하게 좋다는 열변이었다. 그리고 부추는 예로부터 즙을 먹으면 정력과 힘에 좋아져 경상도 방언으로 '소풀'이라 한다. 부추를 먹으면 황소의 힘이 생기는데 일은 하기 싫어지고 여자만 생각하게 되는 게으른 풀이었다고도 한다.

미역과 콩은 음식이지만 보약을 대신한다고 한다. 남녀 공용으로 특히 한국 사람들에게 좋은 식품이 '마늘'인데 마늘을 볶아서 '마늘 커피'를 만들어 먹으면 그 약효가 즉시 나타난다고 한다. 한번 시식해 보고 싶었지만, 태우지 않고는 가루를 낼 수 없었다. 일본인들도 좋아하여 냄새를 제거해서 연구한 것이 마늘커피라고 한다.

요즈음에는 돈 많은 사람들이 찾는 음식이 옛날 보릿고개 시절에 많이 먹었던 시래기와 된장국 등으로 바뀌고 있다는 말도 일리가 있다. 아무튼 세계 3대 식품으로 올리브유, 김치, 나토(일본 콩으로 빚은 청국장)라고 하니 우리나라는 음식에 크게 신경 쓰지 않아도 될 것 같다.

결국 어떤 음식이든 잘 먹으면 건강해진다는 평범한 진리이다. 음식이나 보약은 사람의 체질에 따라 영향이 크다는 것 또한 분명하다. 또한 현대의학이 고도로 발달하고 있어 미리 예방하고 치료한다면 수명도 연장되고 건강을 누릴 수 있음은 자명한 일이다.

현 울림

삶의 질은 경제보다 문화예술 측면에서 문화생활에 대한 배려가 크다.

문화 수준의 척도는 나라에 따라 다르겠지만, 이탈리아나 프랑스 또는 미국 같은 선진국에 대한 이야기는 들을수록 문화예술에 대한 관심을 떨쳐 버릴 수 없었다.

미국 브로드웨이에서 연중 공연되는 「미스 사이공」이나 「캐츠」는 세계로 전파되고 있지만, 전자는 7년을 후자는 30년을 계속 공연해도 몇 달 혹은 1년 전에 예약하지 않으면 관람할 수 없다고 한다. 그렇게 수준 높은 작품은 아니어도 그 나라의 정서나 국민 취향에 맞는 작품이라면 관람하거나 감상해 보는 것이 삶의 질을 높이는 것이라 생각한다.

지난주 경남 여성 '현 울림 합주단'의 정기연주회 '현 울림' 연주를 보며 느낀 바가 컸다. 프로그램 2부에서 양악과 우리 음악이 접목되는 비경을 볼 수 있었기 때문이다. 예술은 인간 드라마요 삶의 과정이어서 그런지는 몰라도, 항상 모든 청중이 공감하는

장이다.

제1부에서는 양악을 연주했고, 제2부 '새아침의 동산' '기다림' '금강산의 소리'에서는 황홀한 연주를 만날 수 있었는데, 연주단 단장은 '예술의 혼은 꺼지지 않는 등불이 되어 언제나 마음속을 환히 비추고 있다.'며 연주인들의 기량을 치하했다. 예술과 함께 하는 인생의 의미를 깨닫고, 예술인의 투혼만큼 시민은 성숙된다고 보았다. 우리 풍물을 앞세워 민족혼을 불러들이는 양악과의 접목으로 삶의 즐거움을 파노라마로 보고 들을 수 있었다.

한국인의 서정에 대담성과 도전적인 성격을 담은 1악장과 동방의 고요한 나라 해 뜨는 한국을 담은 2악장, 세계 속의 한민족의 웅비를 그린 3악장으로 구성하여 살아 숨 쉬는 모습을 보았다. '기다림'에서는 기량이 뛰어난 지휘자가 대금소리, 아쟁소리, 거문고소리를 번갈아 넣어 기다림의 인연을 면면히 흐르도록 하여 감탄을 자아냈다. 계속 연주된 '금강산의 소리'에서는 금강산 일만이천 봉우리가 번갈아 나타날 것 같았고, 민족의 절제된 한을 서양악기와 한국악기의 아름다운 흐름이 조화되어 새소리, 물소리, 바람소리 등 자연의 소리로 묘사하고 있었다.

인간이 사랑하다가 남은 시간이 여름밤이라는 긴 시간을 황홀과 아름다움 속에 극치를 이루게 하였으니, 그것이 예술의 힘이다. 예술을 향유하는 길은 여러 가지지만, 이렇게 가까이에서 국악과 양악으로 빚은 창작품을 만나기란 쉬운 일이 아니기에 오래도록 '현 울림'을 이야기하고 싶어졌다.

음악을 모르고 살아가는 만큼 음악에 대한 애착도 지니고 살아가리라 생각하면서 몇 가지 권유를 하고 싶었다. 책이나 술을 권하는 사람은 많아도 음악이나 문화 예술을 가족에게 권하는 사람은 적다.

지방에 살면서도 더러 전시회나 박람회에 들르고, 때때로 연주회, 음악회를 이웃이나 친척, 가족과 함께 즐길 수 있다면 더욱 좋을 것이다. 가족 나들이나 여행 때, 심지어 해수욕장을 갔다가 올 때도 박물관 하나쯤 들러보는 것은 어떨까?

주변에 갤러리, 음악회, 연주회 등이 정기적으로 열려 시민들의 정서와 문화를 가꾸기 위해 최선을 다하는 것을 볼 수 있다. 구경꾼이 있어야 잔치를 벌일 수 있다. 영원한 예술에 생을 바치고 있는 예술인들의 투혼정신을 본받는 계기가 될 것으로도 본다.

명절

해마다 일정한 날을 정하여 모두 즐기는 전통 있는 날이 명절이다.

일 년을 돌아보며 또 한 해 소원을 얹어 맞이하는 날이 설날이고, 수확의 즐거움을 조상께 감사하며 기쁨을 나누는 날이 추석이다. 이 명절은 예부터 전해져 지켜오지만 오늘을 사는 우리들에게 여러 가지 의미를 주고 있다.

추석은 어느 때보다 훈훈한 인간의 정을 느낄 수 있고 고향의 정감을 새롭게 하며, 정체성의 의미를 갖고 있다.

고향은 떠나 사는 많은 사람들에게 언제 가도 정답고 사랑이 있는 기쁜 만남이 이루어진다. 오곡백과가 맑은 하늘과 보름달처럼 영글어 그것으로 빚은 음식을 이웃과 나누어 먹으며 보람된 생활과 이야기로 흐뭇해하는 명절 중의 명절이다.

예년에 비해 더 많은 귀성객들이 귀성 행렬에 동참하여 소위 민족 대이동이 시작되었다고 한다. 주 5일 근무제 도입으로 말미암아 5일 간의 황금연휴가 된 데다 고속철 개통과 함께 가벼운 마음으로 너도 나도 고향을 찾는다. 오곡의 결실, 추수의 풍성함 속에 조상을 기리는 차례는 아름다운 우리의 미풍양속이다. 이를 계기로 애향심을 북돋울 수 있고, 노부모를 생각하는 마음을 싹트게 하며, 일가친지를 만남으로써 뿌리를 알아가는 의미도 크다. '뿌리 없는 나무는 없다'는 말과 같이 뿌리가 튼튼할수록 그 나무도 무성하다. 가계가 훌륭할 때 자손들의 밝은 앞날도 기대할 수 있으리라. 어떤 일에 자긍심을 갖거나 좋은 동기가 부여될 때 그 일에 흥미를 갖고 성취하려는 노력을 하게 된다.

'나도 할 수 있다'는 긍정적 자세는 의욕과 용기를 주면서 원했던 일을 이룰 수 있는 자신감을 갖게 한다. 흩어져 있던 가족이 한데 모여 여유 있는 마음으로 즐겁고 기쁜 이야기를 나누고 포근하고 훈훈한 정을 느끼는 때가 추석이다.

이웃끼리도 문을 닫고 살아야 하는 각박함, 승진이나 임무 때문에 대화도 아껴야 하는 인간미가 메마른 사회생활에서 잠시 떠나 근심 걱정 훌훌 떨어 버리는 시간이다. 어릴 적부터 꿈을 갖게 한 우리 고향은 아직도 백일홍이 피는 아름다운 곳이다.

우리 가족은 명절 때마다 직계만 38명의 대가족이 모인다. 짧은 만남이지만 이런저런 다양한 이야기가 오가는 가운데 정체성 확립의 계기가 되고 있다.

남이라도 늘 만나야 정이 쌓이듯, 저마다 흩어져 살면서 모처럼의 만남이지만 그저 좋은 것이다. '나는 누구인가'를 다시 한 번 생각하게 된다. 자신이 나다운 모습으로 인정될 때 삶의 현장에서 자신감이 넘치는 것이다.

풍성한 가을의 정서적인 자연경관은 보기만 하여도 좋은 것이다. 높아만 보이던 언덕, 동구 밖 아름드리 큰 나무도 갈 때마다 작고 아담하게 보이는 고향의 산하가 모두 그리운 것이다. 그래서 '자연의 아름다움은 접하기만 하여도 영혼을 정화시킨다' 고 한다.

농촌에서 태어나서 초등학교를 졸업하고 도시로 나와 고등교육을 마치는 경우, 이미 그 마음 바탕에는 바른 인성이 형성된다. 명절이나 방학 때 자녀들을 고향으로 보내거나 자연 속으로 보내는 수련활동이 좋은 교육인 것도 같은 이치다.

방학 때 자녀들이 고향의 친척집이나 외가를 방문하면 견문을 넓히는 것은 물론, 친지들의 인정과 사랑을 오래도록 기억하여 고향을 잊지 않게 된다. 하지만 사회발전에 순응하여 자녀교육과 문화체험은 도시 쪽으로 편향되고 있다.

미국에 이민하여 행복하게 살아가는 이민 1세와 2세들의 이야기를 들은 적이 있다. 초기의 어려운 삶 속에서도 2세 교육에 열성을 쏟으면서 우리말을 가르친 분들은 자녀들이 성장해서 2개 국어가 가능하게 되고, 조국에 대한 동경심을 갖게 되었다는 이야기를 들었다. 효의 확대가 충이듯, 조국에 대한 자긍심과 뿌리를 동시에 지니게 되었다니 자랑스러운 일이 아닐 수 없다. 애향심이 조국애로 확산될 때 명절과 고향은 마음속에 자리 잡아 그리움의 싹이 틀 것이라 생각된다.

'사람이 나면 서울로 보내고, 말은 제주도로 보내라'는 말이 실감 난다. 한 동네에서 같은 학년으로 공부하던 우리 큰애와 조카가 고향에서 중학을 마치고, 조카는 서울로 이사하여 서울대 의대를 졸업하고 서울에서 종합병원을 운영하고 있다. 우리 큰애는

지방에서 의대를 나와 지금 작은 병원을 운영하고 있다. 그것을 보면 자녀교육에는 환경과 여건이 영향을 줄 수밖에 없다는 생각이 든다. 이는 물론 지엽적이고 편중된 예이지만 곁에서 지켜보며 많이 느끼는 부분이다.

연줄을 띄우는 그리움으로 타향에서 맴돌다가 맞는 명절이지만 고향은 언제나 새롭다. 넉넉한 마음으로 고향에서 보름달을 맞이하면서 이웃 친지들 간에 느끼는 진한 사랑을 나는 잊지 못한다.

병원을 살려 내는 간병사

　지병을 앓고 있던 집사람이 한밤중 병원에 입원하였다.

　처음 당하는 일이라 너무나 당황하여 정신을 차릴 수가 없었다. 가깝게 사는 막내며느리에게 전화해도 연락이 닿지 않았다. 할 수 없이 119를 불러 입원시키고 하룻밤을 지내고서야 불현듯 병원을 옮겨야겠다는 생각이 났다. 부산에 있는 병원으로 옮길 앰뷸런스를 탐색하였더니, 병원 앰뷸런스는 그 지방을 벗어날 수가 없다고 한다. 다시 병원 앰뷸런스연합회에 연락하여 한밤에 부산 '우리들 병원'으로 옮겼고, 응급실에서 하룻밤을 보내고 다음날 병실로 옮겼다.

　집사람의 병명은 척추 4번 5번의 협착증이라고 했다. 평소에는 다리가 아픈 정도여서 가까운 창원이나 마산 병원을 전전하며 다녔는데, 심한 통증이 계속되어 척추수술을 하기로 했다. 갑자기 진행된 일이라 환자보다 내가 더 정신을 차릴 수 없었고, 병원에서 사용할 용품도 준비하지 못한 채였다.

　어쩔 수 없이 부산에 거주하는 동생에게 도움을 청할 수밖에 없었다. 그리고 며칠간 수술 날짜를 지루하게 기다렸다. 병을 앓지 않고 살 수는 없을까. 침울한 병원의 분위기, 굳은 표정들, 북적이는 환자와 가족, 친지들을 보면서 별 생각을 다했다.

프랑스 왕정시대 어느 왕이 독서를 많이 하는 편이었다. 책을 좀 읽어야겠는데 읽을 시간이 없자, 세상의 모든 책을 10권으로 요약하라는 명령을 받고 신하들이 준비하였다. 그러나 역시 바쁜 왕은 다시 열 권의 책을 한 권의 책으로 압축하도록 했다. 열 권을 한 권으로 만들어 왔으나 역시 국정에 바빠서 읽지 못하니 이것을 다시 한 줄로 요약하게 하였다. 열 권의 책이 '인간은 나서 살다가 병들어 앓다가 죽는다.'로 요약되었다.

결국 나이 먹으면 병들어 죽는 일이 수순인 것 같다. 지병을 앓고 있는 사람은 다음 순서가 죽음이라는 것을 예견할 정도로 많은 사람들이 이름도 모르는 병에 시달리고 있는 것이다. 집사람의 척추 MRI사진에서 척추협착증 외에 또 다른 병이 발견되었다. 그것을 수술하여 낫게 한 후에 척추협착증을 수술해야 한다는 것이다. 콩팥에서 등뼈와 연결된 힘줄 근육에 염증이 발견되어 그것을 치료했는데 이번에는 콩팥에서 방광으로 가는 요로관이 막혀 인공관을 넣어 수술해야 하였다. 그 부분을 완치하였는데, 또 방광 염증에서 작은 혹을 떼어 조직검사를 했더니, 이번에는 악성종양으로 판명되었다. 산 뒤에 또 산이 있었다는 것을 보호자인 나에게만 이야기하고 환자에게는 알리지 말 것을 부탁하고, 전이가 되었으면 걱정이라는 의사의 말에 피곤한 밤을 뜬눈으로 새웠다.

그림자처럼 나를 따르며 돕던 집사람이 병마와 싸우는 애처로운 모습이 나를 흔들고 있었다. 한편으로 하늘이 무너져 내리는 느낌을 받았다. 그렇잖아도 답답한 2개월이 병원에서 흘러갔다. 나 역시 환자로 느껴져 아들 삼형제를 불러 모아 의논하였다. "나는 지금까지 최선을 다했으니 이제 너희 어머니는 너희들이 살려내라."고 했더니 의사인 큰아들이 수술 의사와 나눈 이야기에 초기라니까 두고 보자고 하였다.

내 마음과 가슴이 그리고 생각까지 아파오기 시작하였다. 전이 여부는 일주일 후에야 판명된다고 한다. 인명은 재천(人命在天)이라지만 지금 나에게는 너무나 다급하고 무거운 문제였다. 칠십대의 집사람을 세 번이나 수술실에 들여보내면서 건강의 중요성을 절감하게 되었다. 집사람을 수술실에 눕혀 놓고 기다리면서 쾌유되도록 빌고 또 빌었다. 간절한 소망은 이루어진다고 하였으니 말이다.

2011년은 집사람의 병으로 모든 일이 중단되어 남편인 나는 수족을 끊어 놓은 것 같았다. 나에게 집사람이 얼마나 소중했었나를 깨닫게 되었다. 마취-수술-입원-간병-회복의 긴 터널은 질곡의 천 년의 겨울을 건너 온 듯, 내 마음까지도 어둡게 만들어버렸다.

병원 안 사람들에게서 밝은 곳이라고는 한 군데도 찾아볼 수 없었다. 만나는 사람마다 표정이 하나같이 어두웠다. 환자가 아닌 사람들도, 간호사들도 의사들도 모두 표정은 한 가지로 어두웠다. 외과 중환자실 앞에 울음소리는 들리지 않았어도 가족들의 눈에 눈물이 보였으며, 모두들 표정이 굳어 있었다. 수술실에서 나오는 환자들의 핼쑥하고 찡그린 모습, 그 환자를 에워싸고 따르는 가족 모두 굳은 표정이 공통점이었다.

의사 눈에 발견되지 않으면 더 큰 병으로 오래갈 수 있지만, 발견만 되면 즉시 잡을 수 있어 다음 병이 완치되었는지 다시 MRI 사진으로 확인하여 세 가지 병을 완치하고 나서야 지병을 치료해야 될 지경이었다. 나는 환자보다 그들을 돌보는 간병인들의 노고가 끝이 없다고 생각하였다. 웃음이라고는 간병인들의 헛웃음만 간혹 있을 뿐인 것이 안타까웠다.

오히려 환자는 몸이 아플 때 진통제로 안정시켜 주지만 간병인의 마음은 더 아프고 쓴 웃음으로 달래야 했다. 그래도 환자를 도우면서 표정을 밝게 하여 환자에게 용기를 주려고 애쓰는 간병인들을 보며 그것으로도 환자의 얼굴을 펴줄 수 있다는 것을 다행스럽게 생각하였다.

아름다운 천사인 간호사들이 늘 미소를 띠고, 의사들은 자신감에 찬 밝은 표정이었으면 좋겠다.

동백꽃 첫인상

나의 첫 부임지는 동백꽃이 지천으로 피어 있던 두미섬이다.

괴나리봇짐으로 부임한 섬마을 선생은 하숙할 곳이 없어 하는 수 없이 자취생활을 시작하기로 하고 몇 가지 그릇과 도구를 장만하였다. 일주일에 한 번씩 들르는 여객선이 교통의 전부인 도서벽지 학교에 부임하면서 많은 것을 느꼈다. 우선 문명 실조가 되어 있는 학생들과 주민들과의 만남이요, 역할이었다.

학교를 마치면 산에 오르기도 하고, 바다로 나가 낚시를 하거나 고기잡이 어선에 동승하여 다녀오기도 하면서 섬마을 생활에 차츰 익숙해져 갔다. 한 달에 한 번쯤은 시내 도서관에 나가 새로운 정보를 수집하고 서점을 뒤적거렸다. 이렇게 하여 맺어진 섬 주민들과의 인간관계는 인정과 신뢰 그 이상이었다.

학교에서는 학교 책임자로서 학생들을 가르치고, 학교 밖에서는 주민들과 지역사회의 프런티어로, 봉사자로 활동하면서 지역사회의 문제점을 해소하기도 하였다. 동백섬에서 처음 만난 섬 소녀는 나에게 특별한 인연으로 다가왔다.

벽지 낙도이고 주민과 학생들과의 만남도 처음이어서 오래도록 남는 일이 되었다. 그 아름다운 만남 속에서 동백꽃으로 핀 첫인상이 때때로 그립다.

하루에도 여러 사람들을 만나면서 인간관계를 맺고 있는데, 가족, 친지, 사제, 동료 간의 만남, 은인, 연인과 모르는 사람들과의 우연한 만남, 의도적인 만남 등에서 첫 인상을 서로에게 각인시키면서 그것이 인연이든 악연이든 생의 의미를 부여해 주는 것으로 받아들인다.

공자는 '세 사람을 만나면 반드시 한 사람은 내 스승'이라 하였지만 나는 삼인 동행 삼인 아사 즉 '세 사람 모두 내 스승이 된다'는 전제로 사람을 만나며 인간관계를 만들어 왔다. 우선 나는 나에게 가르친다. 자기를 사랑하라. 자기를 사랑할 줄 알아야 남을 사랑할 수 있을 것이며, 자기를 이해해야 남을 이해할 수 있기 때문이다. 다른 두 사람의 전문 분야는 내가 배워야 하므로 세 사람 모두 내 스승이 되는 것이다.

섬에서 섬으로 징검다리처럼 딛고 다니던 시절! 통영시의 욕지도, 두미도, 한산도, 저도, 학림도, 입도, 사량도 등 섬마을로 건너다니며 청춘의 꿈을 섬 생활에 묻었다. 철따라 피는 동백꽃 뒤에서 웃던 섬 소녀의 미소 때문이었는지도 모른다. 진홍빛의 불타는 듯한 동백꽃의 사랑을 꿈처럼 느낄 수 있었기 때문이다.

비단폭을 펼쳐 놓은 한려수도 위에서의 정감은 더욱 잊을 수 없다. 동백꽃 그늘에서 만났던 주민들의 순수함과 섬 소녀의 첫인상은 지금도 잊지 못하고 있다.

그때에는 자신을 표현하지 못했던 만큼 만남도 소극적이었고 마음을 닫아 둔 상태였다. 오늘처럼 마음을 열어 상대방을 만날 용기도 없었다. 신속하고 일방적이기에 시간적 의미 또한 그 사람에 대한 상상과 연상을 오래도록 지니게 하였는지 모른다. 그 관계가 영원히 지속되는 것도 있고 지속되지 않은 것도 있지만 그리움만은 일생 동안 남는다.

아무리 둘러보아도 하늘과 바다뿐인 섬에 그리움이 수놓아 펼쳐진 한려수도에는 지금도 옹기종기 섬들이 모여 있다. 이렇게 첫 만남에서 좋은 인상으로 같이 그리워하며 지나게 될 때가 많았다. 평생 잊히지 않는 첫 만남에서 얻은 인연이 소중하게 느껴진다.

어떤 만남이든, 일방적이거나 상대적이거나를 막론하고 찰나에 형성되는 한 번뿐인 첫인상! 좋거나 나쁘거나 상대방에게 느끼는 대로 각인되기에 초임지인 동백섬이 나에게는 그렇게 중요하다.

철따라 동백꽃은 피는데, 한 번쯤은 달려가서 만나보고도 싶었다. 그렇다고 지금 그 사람을 만나면 예전 모습 그대로이겠는가. 그렇지 못할 거라면 만나지 않고 첫인상 그대로를 간직하고 사는 편이 좋을 것 같다.

첫인상이 그대로 각인되는 경우를 경험하면서 사람이 사람을 사랑하는 것만큼 즐겁고 기쁜 일이 있을까 생각해본다. 사랑 없이는 모든 일이 잠시도 이루어질 수 없는 것이 아닐까. 인생은 사랑하기 위해 태어났기 때문이다.

삼백리 한려수도에 핀 동백꽃이 좋아 15년의 젊음을 깡그리 그곳에 묻었다. 섬 학교에서 시작된 첫 만남이 오래도록 각인되어 이제는 이별을 추억으로 간직하는 것이 마음 편한 일일 것 같다.

생각 같아서는 지금이라도 달려가 그 사람을 만나보고 싶다. 하지만 그 모습이 지워질까 두려워 만날 수가 없다. 안타까운 세월이다. 자기 변화는 오늘에 적응하는 생의 심화요, 삶의 확신이며, 존재의 확인인 것이다. 그것은 낡은 자아가 비약하는 존재의 변화이기도 하다.

친구는 인생의 길벗

　많은 사람들 가운데 친구만큼 좋은 것은 없다.

　친구는 확대된 가족이라고 할 만큼 소중한 사람이다. 그러나 진정한 친구를 찾기란 참으로 어렵다. 애덤스는 '인생에서 한 명의 친구도 과분하며, 두 명은 많고, 세 명은 불가능하다.'고 했다. 이해관계가 독버섯처럼 팽배한 세상에서 진정한 친구를 찾기란 결코 쉬운 일이 아니다.

　너무 가까운 사이여서 쉽게 피해를 주고받아 원수가 되어 돌아서는 친구들이 너무나 많다. 누구나 한두 번은 친구에게 배신을 당해 봤을 것이다. 때문에 인내와 고난, 포용 속에서 친구의 존재 가치는 빛을 발한다.

　'천리 먼 길을 함께 떠날 친구'라고 한 함석헌 님의 길벗은 오랫동안 보지 못할지라도 마음만으로도 의지가 되는 사람, 떨어져 있으되 먼 길을 함께 가고 있는 듯 느껴지는 타인이 바로 '길벗'이라고 했다. 그런 좋은 친구가 되기 위해서는 먼저 진실과 약속이행이 전제되어야 하고, 서로가 챙기고 위한다는 관계형성이 되었을 때 비로소 '가족 같은 친구' '친구 같은 가족'이 되는 것이다. 서로에 대한 믿음이 있기 때문이다. 이성 간의 우정은 관습에 의해 남들의 의심을 받거나 비난 받는 경우가 많기 때문에 인정하지 않으려 한다. 그러한 사회적 편견으로 동성 친구 간의 우정만을 이야기하고 있는 것이다.

진정한 친구는 인생에서 가장 든든한 재산이라 하였다. 기억의 서랍을 채워가는 일상에서 바삐 일하다가도 문득 어느 서랍을 열었을 때 '함께 떠오르는 사람'을 갖는 일, 삶의 무늬는 그렇게 함께했던 이들로 채워진다.

친구는 곁에서 밑줄을 그어주는 사람이다. 친구는 '또 다른 나'이기 때문이다. 친구의 잘못은 곧 나의 잘못이므로 그 잘못을 바로 잡아 주어야 한다. 그리고 걱정, 외로움, 기쁨, 행복을 빌어주는 존재로서의 친구여야 한다. 그래서 친구는 나의 과거이자 현재이며 미래다.

우리는 누군가의 친구이다. 내가 기억 못하는 것을 친구는 기억하고, 내가 가야할 길을 몰라 헤맬 때 내가 가야할 길을 알려주는 안내자이다. 지금 나는 그런 벗을 곁에 두고 있는가! 한번쯤 생각해 볼 일이다.

특별한 인연으로 수십 년을 함께해 온 친구는 귀한 존재임에 틀림없다. 바쁘게 살다가도 생각나면 만나서 밤새도록 이야기하고, 서로 주고받는 것은 없지만 신뢰와 의리의 마음을 나눠 가질 수만 있다면 좋은 친구인 것이다.

우리 부부(夫婦)

부부의 만남은 인연과 섭리로 맺어진다고 한다.

전자는 불가의 연이며, 후자는 기독교의 섭리다.

사람들은 일생 동안 크게 두 가지 연을 맺고 살아가는데, 하나는 부부의 연이고 다른 하나는 부모자식 간의 연이다. 이것은 어기면 아니 된다 고 하여 천륜이라 한다. 처는 남편을, 남편은 처를 위하고 부모는 자식을, 그리고 자식은 부모에게 도리를 다하는 것이 제일 아름다운 일이라 하여 인륜이라고 한다.

행복이 자아실현의 욕구가 성취될 때 오는 만족감으로 표현되는 감정이라고 받아들일 때, 결국 얻고자 하는 일을 성취하여 그 보람으로 행복하게 살아갈 수 있는 것이다. 부부도 역시 합심하여 행복을 빚어 나가야 하는 관계이다. 그러나 행복을 빚어 나가기 위해서는 일심동체로 노력하며 살아야 한다는 어려움에 부딪친다.

우리 부부는 서로 다른 환경, 풍습, 가풍, 개성, 취미 등에서 오는 갈등으로 항상 노력하지 않으면 행복한 생활이 어렵다는 것을 느끼며 살아 왔다. 때때로 일어나는 의견충돌은 무남독녀의 자기중심적인 성격 차이의 조정, 인격존중으로 갈등을 해결하지 못하면 의욕과 즐거움이 있을 수 없다는 것을 느끼며 항상 관심을 가져 왔다.

우리 부부는 살아가면서 부모, 친정, 시가, 고부, 동서 순으로 일어나는 의견 다툼이나 갈등을 체크하며 하나씩 삭제해 나가도록 의논하고 노력해 왔다. 작은 일이나 큰일에 관심을 갖는다는 생각으로 서로 챙길 때 갈등이 축소되는 것일 뿐 완전히 해소되기는 어려웠다. 일심동체란 사실은 이루어질 수 없는 것이라 생각하였다. 관심이 없으면 보아도 보이지 않고, 들어도 들리지 않는다는 말이 우리 부부에게만 적용되는 것은 아니다. 일심동체에 근접할 수 있도록 노력하는 관계일 따름이지, 서로 개성이 다른 개체를 한마음 한 몸이 되게 할 수는 없는 것이다.

부부 사이에는 가정과 가족, 자녀와의 상호관계가 들어 있어서 협동하지 않으면 같은 선상에 세울 수 없고 건강할 수 없다. '세상을 모두 잃어도 돌아갈 가정이 있는 사람은 다시 찾을 수 있으나, 세상을 모두 얻은 사람도 돌아갈 가정이 없다면 얻은 세상을 둘 곳이 없다'고 했다. 그렇게 보면 부부와 가정은 일체라고 할 수 있다.

인격 존중은 조그만 것에서부터 큰일에까지 영향을 준다. 서로 공경하고 존중하자면 부부는 마치 거울 같아야 한다. 잘 닦아야 서로 진실을 볼 수 있는 위치에 설 수 있다. 부부에게 항상 신혼만 있을 수 없다. 실체 그대로 창조적 사랑의 기술을 생산하고, 관리하고, 조율하는 책임을 사랑 속에서 찾아야 할 것이다.

부부 사이에 평등이 무엇인가. 남편이 할 일, 부인이 할 일을 구분하지 않고 나누어 한다든지, 자율 속에서 존중하는 것이 평등이라고 생각하면서 실천하고 있다. 그것이 바로 협동이고 상부상조이다.

심리적 공황

한 달 동안 세계인이 열광했던 2002 한일월드컵 잔치가 막을 내렸다.

72년 월드컵 역사상 이번만큼 숱한 이변을 남기고 끝났던 해는 없었다고 생각된다. 피파가 정한 우승 순위가 뒤바뀐 것은 차치하고라도 우리나라가 그토록 소원하던 16강을 쟁취하고, 8강에 이어 4강에까지 안착한 쾌거에 전 국민은 흥분하지 않을 수 없었다. 잔치 뒤에 남겨진 엄청난 성과를 차분히 정리하고 자신을 추스를 때 대한민국은 다시 한 번 동방의 밝은 횃불이 될 것이다.

국민들의 자발적인 참여, 거리에서의 응원 질서, 민족 공동체 형성, 남녀노소 일체감 등으로 '우리도 할 수 있다'는 용기와 의욕을 찾았고, 한국의 역동적 이미지 창출에 따른 시장 개척과 신상품 개발로 경제 4강의 이익도 예상할 수 있게 되었다.

무엇보다 '붉은 악마'의 응원과 태극전사들의 투혼, 성숙된 시민의식이 한국의 저력을 입증시킨 것이다. 거리에서, 경기장에서, 직장에서 웃고 울고 아쉬워하며 열기에 휩싸여 새 물결을 일으키니 외국인들이 놀라고 우리도 놀랐다.

이러한 스포츠는 일종의 카타르시스 효과를 제공하면서도 동시에 쾌락과 폭력의 후유증 및 증후군이 생긴다고 한다. 월드컵이 국민에게 남긴 가장 큰 후유증은 '심리적 공황'이라고 한다. 축제가 끝나고 텅 빈 마음의 허망함을 무엇으로 채워야 하는가.

불길처럼 타올랐던 흥분과 환희를 가라앉히기 위해서는 대외적으로는 역동적 한국 이미지를 부각시키는 이미지 상승으로 대체해 나갈 수 있지만, 내적으로 텅 빈 가슴을 메울 수 없다는 걱정이 앞선다.

인간성 회복을 위해 정신을 살찌우는 방법으로써 독서를 최고 치유책이라고 생각한다. 자발적인 독서는 개인과 사회를 내적으로 혁신시키고 근본적으로 우리 사회를 변화시켜 나가는 역할을 한다. 황폐해지는 인간정신을 독서치유법(Bibliotheraphy)으로 대처하면 좋을 것이다.

독서는 건강한 비판정신과 함께 문화를 아끼고 이웃을 사랑할 줄 아는 지혜를 얻게 해준다. 정보와 지식이 사회생활의 원동력이 되므로 독서로써 새로운 정보창출이 될 수 있도록 범시민 독서운동을 벌여보는 것은 어떨까.

시·도립 도서관 유치와 동별 도서실을 개관하여 자율적으로 운영되도록 시·도 정책의 일환으로 벌여 나갔으면 한다. 그렇게 되면 학부모와 교사들의 관심으로 학교에서 독서 활성화가 일어날 것이며, 직장인과 주부, 일반시민에게까지 확산되어 곳곳에서 책과 가까워지는 계기가 될 것이다. 다행히 창원시에는 동별로 마을도서관이 개관되어 연중무휴 가동되고 있다.

선진국이란 도덕적 실행기준이 상향될 때 가능하다. 국민 모두 책을 읽어 문화국민이 되도록 노력할 때 선진국으로 진입하는 힘이 될 것이다.

아는 것이 힘이 아니고 실천하는 것이 힘이다.

이웃 문화

'이웃돕기'를 항상 실천하는 사람이 있다.

현대중공업에 근무하는 안상수 씨는 폐지를 모아 마련한 돈으로 어려운 학생들과 정신지체아를 돌보아 주위에 신선한 감동을 주고 있다. 안 씨는 이웃돕기가 특기라고 한다.

이웃돕기가 얼마나 이루어지지 않으면 이것이 특기가 되었을까, 이웃 문화가 얼마나 형성되지 않았으면 이런 일이 있을까 생각해 보았다.

지금은 온 세계가 이웃이어야 하는 글로벌(Global) 시대다. 우리 이웃도 돌아볼 겨를이 없는데 세계를 이웃이라 할 수 있을까. 우리나라는 전통적으로 이웃을 사촌의 반열에 올려놓고 있었다. 얼마나 아름다운 풍습이었는지 생각하면서 퇴색된 이유를 짚어 보는 것도 의의 있는 일이리라.

이웃에 '누가 사는지', '무엇을 하는 사람인지' 모르고 있다. 또 알 필요도 없다는 생각이 안타깝다. 인간은 태어나면서부터 이웃에 속하는 것이다. 이웃문화를 형성하며 사는 것이 중요하다.

이웃은 언제나 친근하고 따뜻한 인정을 나누는 사이다. 언제 만나도 반갑고 편안하다. 이웃에게서 삶의 의미를 발견하기도 한다. 이웃은 자아형성의 토대요, 일부분이 되었을 때 바람직한 관계가 되는 것이다.

그러나 이웃사촌이 멀리 떨어져 있는 형제보다 낫다는 말은 이제 찾아보기 어려운 현실이다.

사회 현실을 보자. 높은 담에 대문마다 큼직한 자물통이 채워져 있어야 마음이 놓인다. 이웃과의 대화는 물론 의견도 나눌 수 없는 세태가 되었다. 산업사회로 발전하면서 핵가족의 문제점으로 이기주의가 만연되었기에 일어나는 현상들이다.

이기주의가 팽배하여 협동하는 마음이 실종되어가고 있기에 아이들이 누가 이웃 어른인지 모르니 인사를 안 하는 것인지, 어른을 만나도 인사할 줄 모른다. 자녀는 부모가 교육해야 비로소 인사하게 되는 것이 현실이다. 이웃을 사랑하고 정이 넘치는 사회를 만들어야 한다는 점에서 우선 인간성 회복을 위한 가치관의 확립이 필요하다.

이러한 생활교육으로 굳게 닫힌 이웃과의 마음의 빗장을 열게 하는 것도 교육의 몫이다. 이웃에서 일어나는 각종 사고가 어쩌면 우연이 아닌 필연이었다는 점에서 볼 때 교육에 책임을 물을 수밖에 없다.

전근대적 의식을 교육으로 치유하지 못했다는 데는 더 할 말이 없지만, 도덕성 함양이란 측면에서 교육을 강구하는 것은 사람다운 삶을 위한 기본인 것이다.

시민의식과 높은 도덕성은 사회 간접자본보다 더 값진 것이다.

교양 있는 시민이 되기 위해 기본예절과 질서의식을 갖추고, 이웃문화 회복을 위해 인성교육과 국민의식 개혁운동을 벌일 때다.

진중인의 얼이 담긴 교가

그리운 이름 '진주중학교' 그래서 진주는 제2의 고향이 되었다. 학창 시절을 진주에서 보내고, 청년기를 역경과 시련 속에 보냈다. 고향 산청을 떠나와 진주시 진주중학교 부근에서 외롭고 쓸쓸한 학창 시절을 보냈기에 진주와 진주중학은 내 인생의 가장 중요한 출발점이기도 하다.

명문학교 학생이 된 긍지와 자부심 속에 공부를 싫도록 할 수 있었던 일과 까만 모자 위에 빛나던 황금빛 진중인의 모표와 배지, 주상섭 작사, 이재호 작곡의 교가 역시 또렷한 가사 그대로 각인되어 있다. 교가와 함께 모교 이름은 다정한 이름으로 남아 있다.

'보아라, 하늘 높이 솟은 지리산 만고에 푸른빛이…'

교가를 지금까지 기억할 만큼 우리들의 마음속에 아로새겨졌기다. 어쩌면 이것은 진주중학의 상(Image, Symbol)으로 각인되었는지도 모른다.

모교 탐방, 모교 총동창회 참석 때마다 만나는 정문 우측의 석상은 그 기풍이 늠름하다. 후배들의 가슴속을 채워 주는 것 같아 믿음직스러웠다. 교가 '만고에 푸른빛이'를 새긴 석상은 진주중학인의 상으로 대변할 수 있게 된 것이다.

사람마다 제각기 바람직한 상을 지녀 그것을 빛내려고 노력한다. 그것은 꿈일 수 있고 희구하는 이상일 수 있다. 그렇기에 좋은 상으로 비쳐지기를 바라는 것이다. 누구나 자기에게 걸맞은 상을 지니기까지 수십 년의 세월이 걸린다고 하는데, 이것은 닉네임과는 차원이 다른 개념으로 보아야 할 것이다.

역사나 전통, 여건, 경영자 등에서 상을 찾는 것이 보통이지만, 배움의 길을 열어 나가던 '진주중학' 교가로 상을 찾을 수 있으니 그렇게 아름다울 수가 없다.

지금도 갖가지 문화재가 진주성에 어우러져 있어 '문화 도시'로서의 여건이 충분하다. 북으로 비봉산을 중심으로 명문학교들이 모여 '교육의 도시'라는 의미를 느낄 수 있는 것은 진정한 진중인의 얼이 머문 곳이기 때문이다.

이곳 진주중학교의 문을 나선 선후배는 44회, 2만5천 명이 넘는다. 진중을 나왔어도 모교 진중을 생각하지 않으면 진중인이라 할 수 없다. 그런 점에서 나는 진주를 떠나 창원에 살고 있지만 언제나 진중인이라고 자부하고 있다.

진중인의 얼을 가진 사람, 진중인의 전통을 지닌 사람, 진중을 마음으로 기리는 사람이기에 진중인인 것이다. 수많은 동문들이 각지에서 지역과 국가 발전에 공헌하고 있는 것은 진중인의 자랑이다. 진중인으로서 주인 의식이 있을 때 진정한 진중인이 될 수 있다. 진중의 역사를 알고 서로간의 우정을 돈독히 하면서 진중의 문화에 관여할 때가 진정한 진중인인 것이다.

결국 진중의 역사를 이해하고 문화를 받아들여 주인 의식이 남아 있을 때 진중인이 되는 것이고, 또 될 수 있는 것이다. 그냥 진중의 문을 나온 것만으로 진중인이라 할 수 없다. 진중이 모교라는 것을 잊은 사람은 진중인의 얼이 없기에 진정한 진중인이라 하지 않는다.

바람직한 진중인의 문화 속에서 모교를 사랑할 때 진중인으로서의 자긍심은 더욱 돈독해질 것이다.

자기 관리(Image making)

가끔 자기를 돌아볼 수 있는 시간을 가져야 한다.

최근에 숱하게 활용되고 있는 '자기 관리'는 실천에 어려움이 많은 영역의 용어로서 Image making 또는 self control 쪽으로 강의하는데, 너무 광범위하고 실천이 안 되는 부분이 많다.

오늘을 사는 우리는 이 부분에 대처하지 못하면 도태되는 사회적 요구에 직면해 있다. 따라서 내가 몸담고 있는 영역에서 한두 가지는 관심을 두고 있어야 한다. 몸가짐에서부터 팀워크를 중시하여 창의력을 발휘하는 일, 모든 문제에 능동적으로 대처하는 일 등이다.

먼저 약속과 신용을 들 수 있다. 모 행사에 기관장 참석여부를 전화로 두 번씩 확인하여 좌석을 마련해 두었는데, 시작 5분전까지 3명밖에 참석하지 않아 급기야 뒤에 서 있던 일반시민으로 채워서 행사를 진행하는 것을 보고 여러 가지를 느꼈다. 이것도 일종의 신뢰요 믿음이라면 이 세상에서 제일 무서운 것이 불신(不信)이라는 것을 알아야 한다.

법오공(法悟空)은 신용할 수 없는 인간상을 소개하면서 지각, 결근, 조퇴, 복잡한 금전관계, 불성실, 아첨, 진실성이 없는 사람 등을 지적하였다. 뿐만 아니라 정치가, 관료, 기업, 기관장, 유능한 사람도 신용이라는 토대가 있어야 비로소 자신의 역량을 충분히 발휘해 갈 수 있는 것이다. 그래서 신용은 아침 출근부터 시작되고, 모든 예절도 따라야 한다.

다음으로 정보관리다. 인체에 비유하면 정보체제는 생명을 떠받치는 신경 계통과 같고, 몸담고 있는 곳은 정보전의 무대가 되고 있다는 생각을 잊지 말아야 한다. 정확한 보고, 긴밀한 연락이 생명이기 때문이다. 정보가 정확한지 애매한지 엉터리인지 그것이 승부를 좌우하기에 모든 일을 처리할 때는 선필의 후필보(先必議 后必報)가 기본이다. 즉 요점과 개략, 설명을 폭넓고 상세히 처리할 때 자기 관리가 이루어지고 있는 셈이다.

이미지(Image)란 그 사람에 대한 '생각의 덩어리', '특유한 감정', '고유한 느낌'을 말한다. 이러한 자신의 이미지를 시각적, 청각적, 후각적으로 잘 관리해야 사회생활을 성공적으로 이끌어 나갈 수 있다.

인간관계에서 첫인상이 중요하다. 한 번 예쁘게 보면 다 예쁘게 보인다. 그리고 옷을 입을 때 발목은 안 보이게, 와이셔츠 주머니는 장식용으로, 넥타이는 옷과 비슷한 색깔로 벨트에 닿게, 벨트 색깔은 구두와 맞추고, 벨트와 멜빵을 동시에 하지 않는 것이 예의라고 한다.

옷을 잘못 입은 여성을 보면 사람들은 그녀의 '옷'에 주목하지만 옷을 잘 입는 여성을 보면 그녀라는 '사람'을 주목한다. 뇌물로

구속되는 남편이나 아내의 옷이 형량을 좌우하는 것을 볼 때 허영과 사치의 관리가 중요하다.

악수할 때는 당당하게 손을 내밀고 진지하게 바라보아야 한다. 부드러운 말씨로 미소 지으며 흉금을 터놓고, 적당히 솔직하게 한다. 들을 때는 50% 듣고, 50% 말하고, 중단시키지 말고 메모한다. 삶에 메모만큼 중요한 것도 없다. 대화는 듣는 사람에게 정보를 주고, 말하는 사람에게 영감을 준다. 질문은 진지하게, 청취는 성실하게 해야 한다.

침착하고 활기찬 걸음으로 머리는 약간 높이고, 어깨는 움직이지 말고 팔은 부드럽고 자연스럽게 손바닥이 안으로 향하도록 하고, 배는 안으로 들이밀고 엉덩이는 가만히, 다리길이를 넘지 않는 폭을 두고 무릎에 힘을 빼고, 발 양쪽이 평행으로 5cm쯤 사이를 두고 걷는다.

음성은 바른 자세로 생동감 있고 자연스럽게 조절하며, 다양하게 사용하되 낮춘다. 낮은 목소리가 가장 호소력이 있으므로 콧소리나 날카로운 소리를 없애야 한다.

연설할 때 서두는 힘 있게 시작하고 사례를 많이 제시하여 짧고 쉽게, 반복이나 질문 등을 구체적으로 사용하며, 편안하고 긍정적으로, 활기 있고 진지하게 한다. 청중에게 골고루 시선을 주고 정확한 발음과 제스처로 똑바로 서서 한다.

청중은 호랑이가 아니다. '청중이 다 발가벗고 있다'고 생각하라는 윈스턴 처칠과 '청중이 모두 구멍 난 양말을 신고 있다'고 한 루즈벨트의 말이 있다. 다른 것은 다 잊어버려도 당신과 연관시켜 생각할 수 있는 하나의 남김이 있어야 한다는 것이다.

인성으로 가는 시의 산책

시 읽기를 나만큼 좋아하는 사람도 없을 것이다.

인생은 시(詩)처럼 살고 그림처럼 사색하며, 음악처럼 활동하는 것이라 한다. 그보다 시집 속에 누워 있는 시어를 흔들어 깨워 주는 일이 즐겁다.

시는 때때로 감동과 느낌을 인간에게 던져 주는 것에서 여유를 생각해 볼 수 있고, 자아성찰의 계기를 준다. 시간에 쫓기며 지친 삶 속에서도 시 한 수 차분히 받아들일 수 있는 여유를 갖고자 관심을 두는 것이다.

서정시는 지친 삶이 실꾸리에서 풀려나듯 다정히 풀리고 맺혔던 한도 치유된다고 한다. 그것이 서정시 한 수가 주는 힐링(Healing)이리라. 시는 메타포에 감동을 실어 감정에 의존해 있고, 감동 자체의 글이다. 조그마한 감동에도 엔도르핀이 생산된다니 동심으로 세상을 바라만 보아도 무릉도원이 다가오는 듯하다.

시인 워드워즈가 '늙은 후에 하늘의 무지개를 보고 가슴이 뛰지 않으면 죽은 거와 같다'고 했듯, 시 한 수로 차분한 여유를 만들었으면 한다.

시 속에는 즐거움, 괴로움, 아우성 등 희로애락이 들어 있다지만, 나에게는 쾌락을 주고 아름다움을 준다. 그래서 문학의 정점은 사랑이지만 인생의 참 모습이고, 승화된 인간의 이상이며 상징이며 보배로운 창조이며 영원한 기록이라 했는지 모른다. 따라서 문학은 삶의 총체적 기록이라 할 수 있다.

삶의 실꾸리를 풀게 하는 서정시는 쉬워서 그냥 읽으면 이해되고, 낭송하면 더욱 감정이 가라앉아 위안을 얻을 수 있다. 가끔이라도 삶이 잘 풀려나가게 시 한 수쯤 가까이 해 보는 것이다. 서정시는 모든 것을 사랑할 수 있는 방법을 체험시켜 주고, 튼튼하고 풍요한 마음을 갖게 하여 강인한 사람이 되게 해 준다.

한 시대 전 청소년들이 제일 좋아했던 시가 김소월의 「진달래꽃」이라면, 어른들이 좋아했던 시는 「서시(序詩)」다. 지금도 많은 사람들이 애송하고 있음은 그 주제가 주는 의미나 내용에의 끌림일 것이다. 「서시」는 지금까지의 삶을 되돌아보고 앞으로의 삶에 대한 각오를 총체적으로 담은 내용인데, 운명에 대한 확고하면서도 신념에 찬 결의를 표현하고 있다. 동서고금을 막론하고 명시는 계속 애송되고 있는 것이다.

> 동짓달 기나긴 밤을 한 허리를 버혀 내여
> 춘풍(春風) 이불 아래 서리서리 너헛다가
> 어른 님 오신 날 밤이 여든 구뷔구뷔 펴리라. −황진이 「동짓달」

위 시조는 이조 중종 때 명기 황진이의 작품으로 애타는 기다림과 사랑 고백을 시적 형상화한 작품으로 정과 사랑과 어리광을 무한히 펼쳐 놓겠다는 간절한 소망을 담고 있다.

특히 한국 수필의 거목인 금아 피천득 선생은 셰익스피어의 시 「소네트」 수십 편을 가져 와도 황진이의 시조 한 편에 견줄 수 없다고 했다. 셰익스피어가 어떤 사람인가, 영국인들이 인도를 다 주어도 대문호 셰익스피어와는 바꾸지 않겠다고 하지 않았던가!

인생은 손에 가진 것이 많아야만 풍요로워지는 것이 아니다. 가슴에 시 한 수 담았어도 아름다운 사랑과 꿈과 희망을 창조하여 얼마든지 풍요로워질 수 있는 것이다. 삶의 참된 의미는 바로 여기에 있는지도 모른다. 누워 있는 시에 생기를 불어넣어 분위기나 상황을 새롭게 해 줄 때 더 매력이 있는 것이다.

아름다운 입술을 갖고 싶다면 친절한 말을 하라/ 사랑스런 눈을 갖고 싶다면 사람들에게서 좋은 점을 보아라/ 날씬한 몸매를 갖고 싶다면 너의 음식을 배고픈 사람과 나누어라/ 아름다운 머리카락을 지니고 싶다면/ 하루에 한 번 아이의 손가락으로 너의 머리를 쓰다듬게 하라/ 아름다운 자태를 갖고 싶다면/ 결코 너 혼자 걷고 있지 않음을 명심하고 걸으라/ 사람들은 상처로부터 치유되어야 하고/ 낡은 것으로부터 새로워져야 하며/ 병으로부터 회복되어야 하고/ 무지함으로부터 교화되어야 하며/ 고통으로부터 구원받아야 한다/ 결코 어느 누구도 외면 받아서는 안 된다/ 기억하라! 누군가 도움의 손길을 필요로 할 때, 너의 팔 끝에 그것이 있음을/ 네가 더 나이가 들면 손이 두 개라는 것을 알게 될 것이다/ 한 손은 너 자신을 돕는 손이고 다른 한 손은 다른 사람을 돕는 손이란 것을

　　－ 샘 리벤슨(Sam levenson) 「시간이 알려주는 아름다움의 비결」

이 시는 세기의 연인 오드리 헵번이 64세로 타계하면서 생의 마지막 크리스마스이브에 아들 숀(Sean)과 루카(Luca)에게 읽어준 작품이다.

시를 읽다 보면 '사람은 자신의 몸에 달랑 두 개의 손을 달고 살면서 그것이 두 개라는 사실을 왜 나이가 들어야만 알게 되는 것일까?'라는 생각을 한다.

다른 한 손으로는 남을 배려하라는 것임을 일찍 몰랐을까. 창조주가 두 팔을 준 것은 사랑으로 남을 얼싸안으라고 주었다는 것을 생각 못하고, 몸에 붙었으니 당연히 나의 소유이며 내가 주인이라고만 여긴 것이 아닐까.

춤춰라/ 아무도 보고 있지 않은 것처럼/ 사랑하라/ 한 번도 상처를 받아 보지 않은 것처럼/ 노래하라/ 아무도 듣고 있지 않은 것처럼/ 일하라/ 돈이 필요하지 않은 것처럼/ 살라/ 오늘이 마지막 날인 것처럼
  – 알프레드 디 수자 「사랑하라, 한 번도 상처받지 않은 것처럼」

이 작품은 일반적인 자유시라기보다 정서 순치 효과에 도움이 되는 시다. 남을 의식하지 아니하고 신념을 갖고 임하라는 삶의 자세를 가르쳐 준다. 지나간 과거에 대해 후회할 필요가 없는 일이고, 내일은 아직 다가오지 않은 미래이기에 그때 대처하는 것이 현명한 일이다. 현재인 '오늘'을 살아가는 데 최선을 다하는 것이 중요하다고 역설한 치유의 시이다.

태풍에 무너진 담을 세우려 목수를 불렀다/ 나이가 많은 목수였다/ 일

이 굼떴다/ 답답해서 일은 어떻게 하나 지켜보는데/ 그는 손으로 오래도록 나무를 쓰다듬고 있었다/ 그리고 그 자리에 못 하나를 박았다/ 늙은 목수는 자신의 온기가 나무에게 따뜻하게 전해진 다음 그 자리에 차가운 쇠못을 박았다/ 그때 목수의 손이 경전처럼 읽혔다/ 아하 그래서 목수구나!/ 생각해보니 나사렛의 그 사내도 목수였다/ 나무는 가장 편안한 소리로 제 몸에 긴 쇠못을 받아들이고 있었다

— 정일근 「목수의 손」

목수의 손이 나무 앞에서는 섬섬옥수다. 한의사가 침을 놓기 전 진맥을 하는 손길과 같다는 생각이 든다. 나무를 다루는 목수나 육체를 돌보는 손길과 같기 때문이다. 사람의 정신세계를 살찌우고 혼을 움직여야 하는 선생님들의 손길이 그 어느 때보다 요청된다.

유대인들은 무엇이라도 실패하면 교육이 되지 않았기 때문이라고 한다. 기원전 예루살렘성이 로마군에 의해 멸망할 때에도 군대가 아니라 교육이 잘못되었기 때문이라고 생각했다.

한 나라의 장래를 알고 싶으면, 교실을 보라고 하는 것 또한 예외는 아닐 것이다. 그런 점에서 우리는 인간을 가르치는 스승을 기다리던 중국 사마온 공의 혜안에 머리를 숙이게 된다. 그는 「자치통감」에서 '글을 가르치는 스승은 만나기 쉬우나 인간을 가르치는 스승은 만나기 어렵다'고 했다. 선생님들의 헌신이 갈수록 귀하게 여겨지는 것도 그 때문이다.

여름의 3악장

인간 생활에는 두 가지 큰 리듬이 있다.

하나는 균형과 조화로 건전한 행복에 젖을 때 긴장으로 연계되는 활동이고, 다른 하나는 난맥과 부조리로 스트레스나 공허감, 권태를 가져오는 이완에 드는 휴식이다.

이 같은 활동과 휴식을 일과 여유로 생각해 볼 수 있다. 휴식은 일을 하고 나면 주어지지만, 여유나 여가는 자신이 빚어내어 활용할 때 갖게 된다. 어떤 활동이든 일을 통한 휴식과 여가, 긴장과 이완이 수반되는 것이 바람직하다. 그래야 그 일을 통해 뜻을 찾고 보람을 느낄 수 있기 때문이다.

우리는 계절마다 일을 통해 새로운 삶의 의미와 성장 동기를 찾는다. 특히 여름에는 일을 하며 비지땀을 흘릴 때 비로소 그 일에 대한 보람과 생에 대한 애착을 느끼게 된다. 뙤약볕 아래에서 비지땀을 흘리는 보리 베기, 힘겨운 수레나 지게로 땀방울 훔치며 실어 나르기, 흥겨운 보리타작 등은 땀 없이는 불가능한 일이다. 피부는 땀으로 인해 아프기까지 하지만, 그것을 참고 해내어야 하는 게 여름이다. 그런 가운데 작열하는 태양, 하얀 파도를 헤치는 바다, 따가운 모래알을 식히는 구름의 3악장이 펼쳐져 여름은 웅장한 계절이 된다. 3악장 속에서 살다가, 여름의 허물을 벗어 놓고 계절을 보낸다.

일 년 열두 달 중에서 7월의 태양이 가장 뜨겁다. 아스팔트가 녹아내리면 녹음이 식혀 내는 것이다. 그 더위 속에서 노랗게 황숙기에 이른 보리는 땀 흘리는 여름을 보람 있게 한다. 보리알들은 겨우내 추위 속에서 얼음을 덮고 지내왔기에 낟알들이 익기 위해서는 뜨거운 태양이 필요했는지 모른다. 그래서 보리알은 뜨거운 생명이다. 태양의 뜨거움을 배우면서 여름을 살고 인생을 살아갈 일이다.

여름 바다! 여름내 가열된 태양을 식히고 다스리기 위해 바다가 있다. 일한만큼 땀 흘리면 닦아주는 바다처럼 포용력이 넘치는 것도 드물다. 대지가 인자한 어머니라면 바다는 우리의 정다운 애인이 되는 것이다.

구름은 자유의 상징이다. 유영할 수 있고 변화할 수 있으며 유연의 화신이어서 좋다. 자기 행복을 빚고 사는 구름처럼 흐르며 살고 싶을 때 구름의 자유를 배우며 살아갈 수 있기에 여름 구름이 좋다.

산다는 것은 결국 일하는 것이다. 그래서 인생은 활동이며 창조요, 생활이라 할 수 있다. 일 속에 기쁨이 있고 보람이 있고 행복이 있다.

뜨겁던 태양 아래서 보리와 함께 흘린 땀 훔치며 구름처럼 살 수 있는 여름, 바다의 알몸으로 포용력 있는 삶을 구가해 보는 자연의 여신 앞에서 초원의 옷이 신선한 생명의 계절 여름, 지천으로 둘러싸인 녹색은 색깔의 왕자요 청춘의 심벌이며, 젊음의 기상이요, 생명의 상징, 환희의 표상이다.

아무리 보아도 물리지 않는 빛깔이며, 풀 향기처럼 신선하다. 일과 끝에 휴식을 취하면서 땀으로 데우는 여름은 태양과 구름과 바다의 3악장으로 성숙해진다. 여름은 대자연이 베푸는 위대한 향연이요, 조물주가 작곡한 힘차고 뜨겁고 풍성한 교향악이다.

뜨거운 태양은 사랑이요, 정열이다. 여름 바다! 젊음의 기상이요, 활기찬 청춘이다. 흐르는 구름과 초원의 향기가 그윽한 그런 여름, 일터가 곧 마음의 고향인 것이다.

나이에 대한 무관심

나는 내 나이를 모르고 산다.

세상 사람들이 한창 나이라고 생각한다는 60대 초반에 들어서자 교원 정년을 갑자기 62세로 다운시키는 바람에 준비되지 않은 정년퇴임을 당했다. 평균수명까지 20년 동안 노인정을 전전하면서 살 수밖에 없다는 현실은 곤란하다.

그렇게 의미 없는 삶을 살 수는 없을 것 같아서 계속 활동할 수 있는 일을 찾아야 했다. 이 20년은 처음 직장에 취직하여 퇴직하는 날까지의 시간과 같다고 하니 새로운 인생을 시작해 보지 않을 수 없었다. 인근 대학교와 평생교육기관에 출강하면서부터 적은 용돈이라도 만들 수 있었고, 생활 리듬이 계속되는 것 같아서 건강에도 도움이 되었다.

틈틈이 배워두었던 골프와 문학작품 창작을 취미로 계속하여 여가를 선용하기로 했다. 때때로 친구들과의 모임, 등산으로 바쁜 나날을 만들어 나가는 노년의 생활을 시작하였다.

인간이 태어날 때는 찬란하지만 황혼기 노년의 인생은 노을처

럼 아름답다고 했다. 찬란했던 인생을 아름답게 구가하기 위해서
는 계속 건강해야 하는데, 세대 차이를 극복하는 활동으로 나이
를 잊고 살아야 한다.

백세 노인 2백 명에게 백 살까지 살 수 있게 된 이유를 물었더
니, 계획을 세워 건강관리를 해온 것이 아니라 모두 자기 일을
즐겁게 하다 보니 여기까지 왔다는 것이다.

나의 남은 20년은 취미 특기 체험에 1/3을, 급료가 많든 적든
보람을 갖고 가르치는 교육활동에 1/3을, 그리고 친구와 어울려
봉사하는 일에 1/3을 투자하는 생활로 추진하고 있다.

어떤 일이든 하고 싶은 일, 해 보고 싶은 일, 가고 싶던 곳을
찾으며 평소에 마음먹었던 일을 실천하는 것은 생활에 활력이 되
기 때문이다. 하는 일에 몰입한다는 것은 취미나 소질이 있는 일
로서 용기를 갖게 될 것이요, 용기를 가지면 의욕이 생기고, 의욕
이 있으면 자신감이 생긴다.

교직에 몸담고 있을 때에는 교육에 헌신하였고, 의욕을 가지고
창의적으로 임하였으니 보람 있고 가치 있는 일이 퇴직 후에도
계속된 셈이다. 배우고 가르치는 활동을 끊임없이 계속하면서 자
기가 하는 일에 즐거움을 갖는다는 것이 중요하다.

대학 강의 시간에는 청소년인 대학생들과 같은 위치에서 강의
가 이루어지기에 가르치는 사람이지만 나는 약관 20대가 되어
임한다.

평생교육센터나 노인복지교실에서는 동료 또는 선배를 위하는
입장에서, 여성회관 실버(Silver)대학 강의 때에는 60대가 훨씬
넘어버리는 것이다.

그러나 중·고등학교 3학년 진학반 특별 강의 때는 갑자기 10대가 되어 교육활동도 분망해진다.

그렇듯 나는 내 나이를 잊고 자기관리를 도모하는 셈이 되었다.

모임참가, 문학기행, 초청강의, 운동 외에도 가끔 영화관을 들러서 주인공을 만나 보기도 하고 쇼핑도 곁들이면 금상첨화다. PC방에도 들르면 기분전환이 되어 즐거운 날이 계속되는 것이다.

결국 자기관리법이 자기 사랑으로 자존의 이미지를 실천하는 것이 되었다. 내가 나를 모르고 산다는 것은 있을 수 없기에 '자아 정체성'을 지니고 자기를 돌아볼 수 있는 반성적 자아 생활 또한 필요하다. 바쁜 생활 속에서도 여유를 만들어 나를 자유롭게 할 수 있는 일에 초점이 있으므로 가슴속까지 다스릴 수가 있었다.

탐, 진, 치 즉 바다는 메울 수 있어도 사람의 욕심은 채울 수 없다는 탐욕으로 노탐하지 말 것을 스스로에게 다짐하고, 함부로 노여워하지 않았으며, 항상 부지런하고 깨어 있는 활동을 이어가니 어리석은 일이나 시행착오는 없었다. 이런 모든 일들이 나이를 잊고 즐겁고 보람 있는 생활을 하게 되었다.

마음의 눈

세상을 살아가는 방법은 여러 가지다.

물욕과 금욕과 찌든 삶을 두고 속세를 떠나 종교인으로 일생을 바치는 사람, 일확천금만을 생각하며 과대망상에 사로잡혀 살아가는 사람, 남을 돕기 위해 자선사업으로 일관하거나 봉사자로서 희생하며 사는 사람 등 갖가지다.

독신으로 일생을 보내는 사람, 꿈을 가지고 사는 사람, 닥치는 대로 사는 사람, 자기 운명을 자기가 만들어 산다는 입장에서 보면 그것도 운명인 것이다. 행복도 운명도 자기가 빚어가며 사는 사람들이 많을수록 이 사회는 아름다울 것이다.

링컨은 40세 이후의 얼굴 모습은 자기의 책임이라고 했다. 아무리 고운 얼굴을 지녔어도 내 것 안 주고 얻어먹겠다는 생각이나, 내 것 안 주고 네 도움도 안 받겠다는 마음 모두 40대 이후에 그 상이 결정되어 나타난다는 것이다. 그렇게 살면 궁상으로 바뀌기도 하고, 마음이 맑고 밝지 못하면 병상이 되기도 한다. *쏘가지가 못된 사람, 성격이 괴팍하고 자학적인 사람도 모두 마음가짐에 있다는 것이다.

얼굴이나 성격이 모두 그 사람을 대표하게 되는데, 오장이나 오행이 이와 연결되어 운명론을 이야기하는 사람도 있다. 금목수화토(金木水火土)가 밖에서는 오행이 되지만 몸 안으로 들어오면 오장이 되어 구분되는데, 결국 본성인 마음먹기에 따른 것이다.

그 마음이 움직여 나보다 남을 위할 때, 곧 나를 위한 것이므로 자기를 사랑해야 한다. 모든 사랑은 'ego'로부터 출발하고 이루어진다. 그래서 세상 사람들이 자기 제어에 전념하는지도 모르겠다. 자기표현으로 자아실현을 희구하는 것도 마음먹기에 따라 다르다.

병도 마음을 먼저 다스린 후에 체질에 맞는 약을 써야 하고, 어떤 일을 해낼 때 먼저 자신감을 갖고 임해야 성공할 수 있다. 뿐만 아니라 적극적 사고, 과학적 사고, 의식 변화, 관행 탈피 등 모두가 사람의 마음에서부터 출발한다는 것을 알아야 한다.

마음이 있고 없고는 곧 생각으로 결정된다. 생각은 얼이요 정신이다. 생각이 없으면 텅 비어 있는 것이다. 생각과 연결된 마음이 없으면 보아도 보이지 않고, 들어도 들리지 않는다.

믿음도 마음먹기에 달렸다. 믿음은 자기 긍정에서 발원되는 것이다. 내 생명을 운전기사에게 맡기는 것도, 면도사에게 얼굴을 맡기는 것도 믿음으로 성립될 수 있다. 믿음이 있는 곳은 밝고 건전한 곳이다. 오 헨리의 소설 <마지막 잎새>에서 주인공은 마음으로 자기병을 치유하였고, 어떤 화가는 착한 사람과 악한 사람을 화폭에 옮겼는데 그들의 마음먹기에 따라 운명이 달라졌다고 한다.

생텍쥐페리의 동화 <어린 왕자>에서 보아뱀이 어린이들은 어른이 볼 수 없는 것을 볼 수 있다고 한 것도 마음의 눈을 가질 수 있었기 때문이다. 세상사 모든 일이 마음먹기에 달렸다. 그것이 우리가 바라는 혜안인 것이다.

* 쏘가지가 못된 사람 : 경상도 방언. 마음가짐이 바르지 못한 사람

정서 이동

문학에 관심이 있는 사람이건 없는 사람이건 누구나 시나 노래를 좋아한다.

노래를 좋아하면 애창곡이 되고, 시를 좋아하면 그것이 애송시가 된다. 애송시 한 수만 있어도 가슴에 황금알을 지니고 있는 것이다. 뿐만 아니라 이십 수만 암송할 수 있으면 글을 잘 지을 수 있고, 오십 수를 낭송할 수 있다면 웅변가가 될 수 있다고 한다.

예술의 꽃이 문학이요, 문학의 꽃이 시라고 하는 말은 그 시 한 수에서 삶과 여유를 얻을 수 있고, 언제나 애송되는 좋은 시는 유년에서 성년이 되기까지 정서가 이동되기 때문이다.

'인생은 시(詩)처럼 살고, 그림처럼 사색하며, 음악처럼 활동하는 것' 이라는 말에서 예술은 여유와 감동을 인간에게 준다는 의미일 것이다.

시간에 쫓기는 지친 삶 속에서도 시 한 수를 읊을 수 있는 여유를 만들어보자. 서정시를 통해서 인간의 삶이 실꾸리에서 풀리듯

풀어지고 맺혔던 한도 치유된다고 하는 것은 서정시가 감정에 의존해 있고 감동 자체인 글이라는 점에서 카다르시스(catharsis) 효과인 것이다.

시인 워드워즈는 '늙은 후에도 하늘의 무지개를 보고 가슴이 뛰지 않는다면 죽은 것과 같다'고 했다. 시 한 수 읽는 여유만이라도 찾아 차분한 시간을 만들어 보자.

시 속에는 즐거움, 괴로움, 아우성 같은 희로애락이 들어 있어 쾌락을 주고 아름다움을 준다. 누가 보고 있지 않은 데에서 춤추고, 상처 없는 사랑을 할 수 있겠는가. 오늘이 마지막 날인 것처럼 최선을 다하는 삶이 있다.

그래서 문학의 정점은 사랑이지만 인생의 참 모습이고, 승화된 인간의 이상이며 상징이며 보배로운 창조이며 영원한 기록이라 했는지 모른다. 따라서 문학은 삶의 총체적 기록이다.

서정시는 쉬워서 그냥 읽으면 이해되고, 낭송하면 더욱 감정이 가라앉아서 위안을 얻을 수 있다고 한다. 가끔이라도 자기를 돌아보면서 삶이 잘 풀리도록 시 한 수쯤 가까이 해 보자. 서정시는 모든 것을 사랑할 수 있는 방법을 가르쳐주고, 튼튼하고 풍요로운 마음을 갖게 하여 강한 사람이 되게 해 준다.

인생은 손에 가진 것이 많아야 풍성한 것은 아니다. 가슴에 애송시 한 수만 담았어도 아름다운 사랑과 꿈과 희망을 창조하여 풍요로워질 수 있다. 삶의 의미가 바로 여기에 있는지도 모른다.

물에서 배운다

주말에는 가끔 주남저수지와 낙동강을 찾는다.

강물에 손발을 담그며 어릴 적 뛰놀던 추억에 잠기는 것이다. 그럴 때면 푸른 들녘을 달리며 강물에서 목욕하던 일이 파노라마처럼 스쳐간다. 푸른 하늘과 바람 한 자락, 그리고 강물이 다가와 안기는 것에서 물을 찾는 즐거움이 있다.

창원시는 산으로 둘러싸인 분지이지만, 진해만과 마산만이 접해 있어 물을 가까이에서 맞을 수 있는 아름다운 곳이기도 하다. 북쪽 동정동 북면을 흐르는 낙동강이 경계를 만들고 있기에 물을 쉽게 접할 수 있어 좋다.

낙동강과 주남저수지를 끼고 평온하게 살아가는 창원 사람들은 <가고파>의 고향에서 흐르는 물을 바라보며 부지런함을 배우고, 분수를 지키고 제 자리를 지켜 왔다. 주남저수지는 세계에서 날아오는 철새들의 목을 축여주는 생명의 젖줄로서 사철 내내 자연의 생태를 볼 수 있는 풍성한 곳이다.

쉬지 않고 흐르는 물소리, 그러면서도 계절 따라 변모하는 모습으로 인간에게 순리를 깨우쳐 준다. 낙동강은 창원을 흐르고 있지만 강원도 황지의 연못에서 출발하여 천삼백 리를 흘러와 영남의 정서를 대변하는 강이 되었다. 인간의 삶과 희로애락을 공유해온 강, 때로는 함께 웃고, 대로는 오욕과 비분에 떨어야 했던 그 많은 세월과 유구한 역사를 묵묵히 안으로 새기며 흐르는 강을 곁에 두고도 잊어버린 적이 많았다.

낙동강은 언제나 흐르기에 살아있는 강이다. 경남의 피가 되고 몸이 되어 창원을 가꾸고 지키는 강이 되었다.

물은 흐르는 생명이다. 성주천을 흐르는 물과 얼마 전 개발된 불모산 하천이 흘러서 다시 살아나고 있으니 얼마나 다행한 일인가. 뿐만 아니라 강변여과수 개발로 이제 창원의 모든 하천이 생명을 가꾸어 내고 있다. 당도 높은 단감, 생장 조건을 고루 갖추어 달디단 대산면의 수박, 탐스런 딸기, 꽃 색이 곱기로 이름 난 대산면의 화훼, 맛이 뛰어난 구실 포도, 성인병을 예방해 준다는 참다래 등 맑은 물이 아니면 볼 수 없는 창원의 특산물들을 가꾸어낸다.

물은 사랑이다. 희생으로 생명을 싹틔우는 사랑이다. 물은 스며들어 다른 것을 이롭게 하고는 흔적을 감춰버린다. 이것이 사랑의 본질로서 처음부터 배려하는 자세를 잃지 않는다. 봉사나 희생은 사랑을 전제로 해야 한다. 그러려면 자신을 아는 지혜가 필요하다. 남을 아는 사람을 지혜 있는 사람이고, 자기를 아는 사람이 명석한 사람이다.

자연에 도전할 수도 있고 노력한 만큼 남을 이길 수도 있지만, 자신을 이기는 것은 참으로 어려운 일이다. 남을 이겨도 자기에게 지면 그것은 영원한 패배라 할 수 있다. 남에게 져도 자신을 이기려고 노력한 만큼 승자가 되는 것이다. 살아가면서 부딪치고 넘어지고 절망해도 아름다움을 주고 일으키는 자연 속에서 자기를 돌아보도록 해야겠다.

물은 여유다. 막히고 부딪치면 말없이 머물다가 다시 흐르는 여유다. 돌아가는 여유이기도 하다. 물은 외적으로 화려하지만 내적으로는 하루도 평온할 날이 없이 괴로운 꿈을 꾼다. 어려울수록 정체성을 찾아야 하는 것도 물을 통하여 얻는 교훈이다. 물은 담는 그릇에 따라 모양이 다르고, 장애물에 부딪치면 돌아갈 줄도 알고 있다.

나는 누구인가. 나의 위치는 어디인가. 어디로 와서 어디로 가면서 어떤 여운을 남길 것인가! 자기를 조정할 수 있는 여유와 자세는 마음먹기에 달렸다. 그것이 신념인 것이다. 물을 보면 자기의 역할을 생각하게 된다. 일상에 욕심을 부리지 않아야 하고, 자연을 사랑하고 관심을 가질 때 새로 태어난다는 것을 알려 주고 있다.

물은 영혼을 정화한다. 낙동강이 우리의 젖줄이기도 하지만, 흐르는 강줄기를 따라 창원 시가지로 들어와 누비고 있는 풍광은 일상에 찌든 시민들의 마음을 씻어 주고 정화해 주는 청량제다. 뿐만 아니라 몸과 마음을 동시에 다스려 준다.

인간의 수정체는 99%의 물로 이루어져 있다고 한다. 출산 당시에는 90%, 일상생활을 할 때는 70%, 죽음에 이르면 50% 이하로, 물과 우리 몸은 불가분의 관계에 있다.

물은 관광 명소를 제공하기도 한다. 강변 여과수 개발로 용지 호수, 성주 연못 등 강상에서 바라보는 일출과 일몰은 그대로 흥취를 자아내어 환경도시를 만들어 준다. 물이 만든 환경에서 인간은 마음의 때를 씻어내며 내면을 정화시킨다.

도도히 흐르는 낙동강은 우매한 인간을 시시각각 일깨워 준다.

나는 맑은 물을 몸과 마음으로 받아들이면서 오늘을 살아야겠다고 다짐해 본다. 낙조를 받아 수면을 붉게 물들이면 흔들리는 갈대가 내 가슴속에서 하얀 꽃으로 피어날 것이다.

아름다운 인간관계

즐겁고 보람 있게 사는 사람들은 아침에 일어나면서 '오늘은 즐거운 날이다!'라고 외치거나 되풀이한다고 한다. 그래서 어떤 일이든 즐겁게 하루를 시작하는 것이다. 또한 매일 메일을 열고 정보를 수용하면서 가슴속에 그리운 마음을 담아 두어야 한다.

정년퇴직하고 일 년여 외국에 나가 있다가 지난해에 귀국하였다. 이제 좀 여유 있게, 그리고 조용히 살고 싶어서 도심지를 벗어나 김해 장유 폭포 부근으로 집을 옮긴 것도 그런 이유에서였다.

창원대학에서 출강하게 되어 공부하는 학생들을 보고 새로운 삶을 돌아보는 계기를 마련하게 되었다. 그 속에 머무를 수 있게 된 것은 인연이요, 그 인연으로 특이한 인간관계가 형성된 것이다.

인간관계는 사람들과의 상호작용적 관계형성을 의미하는 것이다. 그래서 인간은 인간관계적 존재로서 개인과 관계를 맺고 있으며, 집단에서는 사회관계적 존재로 가정, 사회, 학교와 관계를 맺고 있다.

이러한 인간관계 역시 사랑을 매개로 이루어지는 것이다. 사랑은 상대방에 대한 이해이다. '시처럼 살고, 그림같이 생각하며, 음악처럼 행동하는 것이다'라는 말에서 '인생은 수필처럼 살아야 한다.'는 것으로 받아들이자는 것이다. 수필처럼 산다는 것은 여유와 사색의 공간을 만들어 기뻐하고, 즐기고, 감동 있는 삶을 사는 것이다. 수필은 고결한 인품, 심오한 사상, 좋은 인품에서 우러나는 향기다. 반면에 시는 진실이다.

진실은 아무도 가르쳐줄 수 없다. 그러므로 시는 가르치지 말고 격려하고, 배우라 하지 말고 경험케 해야 하는 것이다. 시는 우리에게 웃음을 주고, 이야기를 들려주고, 메시지를 전달하고, 감정을 공유하며 경이로움을 주는 감동의 덩어리다. 얼과 문화, 사상, 예술을 야금야금 씹어서 맛보는 일이다. 맛보는 일은 생각이요, 사색이다. 그러면 내 자신을 긍정적으로 보게 된다.

먼저 자아인식을 통해 자기 자신을 사랑하게 되고, 긍정적 사고로 자기 정체성을 갖게 된다. 나아가 다른 사람의 가치와 그가 행하는 역할을 인정하는 자아개념이 형성된다. 자아개념은 살아가면서 획득되는 것이다.

끝으로 음악은 감동을 노래로 옮긴 것이다. 사상, 감정을 율동적으로 표현하는 산문은 보행이요, 운문은 댄스에 해당된다. 노래는 일이고, 행동은 운동이다. 일과 적당한 운동, 이 얼마나 즐거운가!

　　누워 있는/ 나체의 여자 둘레에/ 남자들이 앉아 있다.//

　　　　　　　　　　　　　　　　　　　　　　　　　　－ 린네 〈꽃〉

대지는/ 꽃을 통해/ 웃는다.//

– 카슨 〈꽃〉 전문

학부학생들과 강의 외에 특히 '보육교사' 강의는 예상조차 하지 않고 있었는데, 참으로 묘한 만남이 이루어진 것이다. 거기다가 '인간관계론' 강의를 하는 것도 불가능한 일이었다. 그래도 나에게는 좋은 인연이 되었다. 학생들과 같은 세대라 가정하고 열강했는데, 학생들의 수강 자세가 나에게 힘을 주었다.

가정, 학교, 사회에서의 인간관계가 개인에게는 성공하느냐, 실패하느냐의 당면문제가 되고, 직장이나 회사에서는 사기 진작과 생산성 향상으로 성공 여부가 달려 있다.

춤추라/ 아무도 바라보지 않은 것처럼/ 사랑하라/ 한 번도 상처 받지 않은 것처럼/ 노래하라/ 아무도 듣지 않은 것처럼/ 일하라/ 돈이 필요하지 않은 것처럼/ 살라/ 오늘이 마지막 날인 것처럼
– 알프레드 디 수자 〈사랑하라 한 번도 상처를 받지 않은 것처럼〉

이 작품은 우리들이 살아가야 할 삶의 방법을 제시하고 있다. 제목 <사랑하라, 한 번도 상처 받지 않은 것처럼>은 많은 사람들에게 삶의 치유 방법을 제시해 주고 있다. 자기 삶을 스스로 개척하고 헤쳐 나가는데 남을 의식하지 말고, 자기가 하는 일에 최선을 다하면 길이 열린다는 것이다.

좋은 인간관계를 맺어 '오늘이 마지막 날인 것처럼' 공부하며 멋진 친구를 사귀라는 부탁을 하고 싶다. 애덤스(Adams)는 '인생

에서 한 명의 친구는 과분하며, 두 명의 친구는 많을 뿐 아니라, 세 명의 친구는 거의 불가능하다'고 하였다. 그만큼 좋은 친구 사귀기가 어렵다는 뜻이다. 그러니 많은 친구를 사귀려 하지 말고 1년에 한 번 만나도 밤새도록 이야기하며 마음을 나눌 수 있는 편안한 친구, 어려울 때 의논할 수 있고 비밀을 터놓을 수 있는 그런 친구가 필요하다. 그것이 아름다운 인간관계이다. 지금은 양성의 시대다. 여자들도 친구가 있어야 한다.

친구는 곁에서 밑줄을 그어 주는 사람이다. 다른 '나'이기 때문이다. 확대된 가족이다. 나의 과거이자 현재이며 미래이다. 그래서 '재물은 작은 재산이고 친구는 큰 재산'이라고 하였다.

고향의 봄

우리 국민에게 많이 불린다는 「고향의 봄」 가사는 이원수가 15세 때 지은 시에 홍난파가 곡을 붙여 만든 동요이다.

아동문학의 거목 이원수 선생이 마산에서 소년회 활동을 하던 때에 어린이운동 선구자인 방정환 선생을 만나 잡지 「어린이」지에 보냈고 그 다음 해인 1926년, 세상의 어린이들에게 널리 불리게 된 노래이다.

7080세대라면 다른 세대보다 고향에 대한 아련한 추억들을 하나 둘 간직하고 살아가듯이 언제, 어디에서든 고향은 항상 마음 깊은 곳에 내재된 나무의 뿌리와도 같은 곳이다. 「고향의 봄」 그 얼마나 친숙하면서도 정겹게 부르던 노래인가! 어린이를 대상으로 지었지만 동요라는 테두리를 벗어나 성인들에게도 널리 불리고 있는 소박하고도 아름다운 노래다.

남녀노소 할 것 없이 이렇게 많이 부르는 노래는 없을 성싶다. 국가적인 행사에서 단골로 연주되었던 곡으로 재외 동포들이 국내로 들어오는 환영식장에서나, 남북 이산가족이 만나는 자리에서 TV를 통해 어렵지 않게 들을 수 있는 노래가 되었다. 한때 대마도 중심부인 이즈하라에서 낮 12시가 되면 한국 동요 「고향의 봄」이 울려 퍼졌다고 한다.

그런데 노래 속 '꽃 대궐'의 배경이 창원 소답동과 천주산이라는 것을 아는 사람은 많지 않을 것이다. 작품은 쓰게 된 시대와 동기, 그리고 배경이 있기 마련이다. 특히 이 동요는 우리 민족의 향수를 일으킬 수 있는 노래이기에 세계 어디서든 우리 민족이 있는 곳이라면 부르고 또 불렀다는 것을 상상할 수 있다.

> 나의 살던 고향은 꽃피는 산골/ 복숭아꽃 살구꽃 아기진달래/ 울긋불긋 꽃 대궐 차린 동네/ 그 속에서 놀던 때가 그립습니다.//
>
>   - 이원수 〈고향의 봄. 1절〉

복숭아꽃, 살구꽃, 아기진달래를 비롯한 꽃들이 지천으로 피었던 천주산 일대에서 꽃과 더불어 살아 왔던 창원 사람들! 그래서 어느 시민보다 아름다운 어린 시절을 보낼 수 있었다는 생각이다. 천주산과 비음산의 진달래가 시화로서 창원을 표징하고, 시민의 정서를 표현해 주고 있다.

시 군마다 시화가 있지만 그냥 많이 자생한다고 정해 놓고만 있을 것이 아니라 시화 꽃동산을 만든다든가 체험장을 만들어 시민들이 가깝게 다가서야만 시화에 담긴 아름다움을 가꿀 수 있을 것이다. 따라서 창원의 시화 '진달래 꽃동산' 조성은 여러 측면에서 기대되고 있다.

「고향의 봄」의 배경이 경남 창원이라는 것을 이원수 선생으로

부터 직접 들었다. 「월간 소년」 1980년 10월호에서 '마산에 비해서는 작고 초라한 창원의 성문 밖 개울, 소답동 서당마을의 꽃, 냇가의 수양버들, 남쪽 들판의 푸른 보리, 그런 것들이 그립고 거기서 놀던 때가 한없이 즐거워서 쓴 동요 가사가 「고향의 봄」이다'라고 했다.

마침 창원시에서 남산공원 1,700㎡에 진달래 2만 주를 심어 '고향의 봄' 꽃대궐을 만든다는 소식을 듣고, 늦은 감이 있으나 반갑게 생각하였다. 이왕이면 진달래뿐 아니라 개나리, 복숭아꽃, 살구꽃으로 꽃동산을 만들고 청소년들의 체험 학습이나 놀이터가 되게 하였으면 한다. 그 속에서 창원의 얼과 추억을 만들게 하자. 그러면서 시민들의 쉼터가 되게 하자.

따라서 남산공원 꽃동산의 진달래와 개나리는 소음, 매연에 지쳐 있는 창원 시민들의 정서를 순화하는 데 일익을 담당하리라 본다. 이참에 '고향의 봄' 도서관, 이원수 동원문학관과 진달래 꽃동산으로 연결되는 도로수도 진달래꽃으로 1km까지 연결되도록 조성하여 꽃길을 따라가면 진달래 꽃동산, 꽃대궐에 다다르게 하여 풍요로운, 아름다운 도시로 재탄생되었으면 한다.

라이프사이클 디자인

보너스로 받은 생의 디자인

복잡다단한 사회 구조 속에서 은퇴는 반드시 준비되어야 한다. 그러려면 미래에 나를 평가해 줄 수 있는 기준에서 오늘을 살아야 할 것 같다. 그것이 내게 주어진 8만 시간을 디자인해서 살아가는 것이다.

조용하게 시작된 일생을 트리플(Triple)로 디자인하면, 전반기 30년은 부모 밑에서 살아 왔고, 중반기 30년은 부모 노릇하면서 삶을 영위하였다. 그리고 후반기 30년은 아름다운 여생을 보내는 평안한 삶을 살아야 하는 것이다.

전반기, 중반기 60년은 내 인생에서 치열했던 과거이고, 후반기는 아름답게 진행될 미래로 설계되고 있는 부분이다. 8만 시간을 다시 디자인하여 살아가려는 것은 인생행로에서 깨끗하고 즐겁게 살다가 곱게 늙어서 행복하게 일생을 살고픈 소원이었기 때문이다. 내 인생의 후반기 30년 중 8만 시간의 30%인 1/3은 은퇴

후 여력으로 일하는 것이다. 아직 활동할 수 있으니 제 2직업을 찾아 일을 계속하는 것이요, 30%에 해당하는 1/3은 나를 던져 겸허한 자세로 남을 배려하고 봉사하는 시간이다. 그리고 나머지 1/3은 여가선용의 취미 시간이다. 나를 돌아보고 다스리는 취미 활동이 되었으면 한다. 이렇게 8만 시간을 통합적으로 디자인하여 운영해 나아가고자 하는 것이다.

서서히 곁으로 다가오는 노년기를 아름답게 보내려면 건강생활을 지속해야 한다. 신체의 변화, 망각의 늪을 건너야 하는 인지의 변화, 그리고 내 능력의 역할 변화에 따라 은퇴 후 활동을 디자인 한 설계도는 8만 시간을 위한 라이프 사이클(Life-cycle)이다.

어제와 오늘

나의 과거는 트리플 전반기, 중반기 합쳐서 60년이다.

다른 사람들보다 고난의 터널과 질곡이 심한 과정을 어려움을 참으며 활동해 왔다.

어려서는 조실부모라는 멍에로 타인의 무관심이 유년기를 괴롭혔다. 6세에 어머니를 잃고, 서조모님 슬하에서 초등 과정을 마쳤다. 홀아버지와 살며 중학교에 다녔지만 고등학교는 아버지와도 헤어져 고학생이라는 닉네임을 달고 학창 시절을 보내며 친구들을 멀리할 수밖에 없었다.

다행히 사범학교를 나왔기에 교직에 몸담을 수 있었고, 고졸 학력으로 교직생활을 하면서도 배우고 가르쳐야 되겠다고 마음먹고 중년에 들어서 방송통신대학을 졸업하였다. 가정은 뒤로 한 채 대학원 석사과정을 졸업할 때까지 책에만 묻혀 지냈다. 가정을 남처럼 가꾸지 못한 자신을 다독이며 생활 주기(Life cycle)의 그림을 따라 현재를 맞이한 것이다. 나의 꿈은 이때에 결정되었는데, 아이들의 우상인 선생님이었다.

본업인 교직을 수행하면서 작가가 되기 위한 문학 수업을 시작했다. 현재는 본업으로 활동해온 영역에서 일을 찾는 것이 생소한 일에서 출발하는 것보다 더 쉽기 때문에 강의하는 일에 참여하고 있다. 대학교 초빙교수, 겸임교수, 외래교수로 번갈아 활동하게 된 것은 나에게 즐거운 일과가 되었다. 물론 유치원, 초등학교, 중학교, 고등학교와 노인센터, 여성복지회, 문화센터, 독서교육, 학부모 교육, 다문화가족 우리글 교육까지 요청하는 대로 뛰어 다니고 있다.

1960년, 교직에 첫발을 들여 놓은 후 교단생활이 52년째 계속되고 있지만 보수가 전과 다를 뿐이다. 교육은 사람을 바꾸고 세상을 바꾸는 힘이 있기에 나를 깨워 남을 일으켜 세우는 지렛대가 되자는 마음으로 나는 오늘도 교육자로 뛰고 있는 것이다.

아동을 대상으로 한 문학이 아동문학이다. 현장에서 피교육자인 아동들의 세계를 그린 동화와 동시를 창작하여 꿈으로 먹이는 활동이 아동문학 창작활동인 것이다. 일반 저서는 제외하고 동시집과 동화집 모두 36권을 집필하여 지도 자료로 삼고 있다.

어제와 오늘을 돌아보며 자아성찰을 작품으로 빚어 강의를 받는 대학생이나 일반 성인들을 대상으로 수필을 쓰고 있다. 문학작품 창작을 위해 하루도 메모하지 않는 날이 없을 정도다. 그래야만 좋은 작품, 좋은 글을 쓸 수 있을 것 같아서 매일 맞이하는 오늘을 항상 소중하게 받아들이고 있다.

오늘에 최선을 다하는 삶만이 가치 있고 보람 있는 일이라고 생각한다. 배운 것만큼 남에게 돌려주는 프런티어가 되고 싶었는 지도 모른다. 그래서 내 인생은 모든 일에 인내하는 활동의 연속 이라고까지 생각했다.

어떻게 살 것인가?

미래의 내 모습을 일, 봉사, 여가 선용의 3원 구조로 설계하였다.

3원 구조의 구체적인 계획을 제시하여 미래를 유추해 보는 그 림은 꿈을 실천하는 바탕으로 삼았다.

먼저 일의 개념을 노동에만 국한시키지 않고 강의와 더불어 독 서와 작품 창작을 포함시켰다. 정규 강의는 일주일에 4시간, 노 동일과 구분하여 계획을 세워 실천하고 있다.

노동활동을 통해 몸을 움직이고 심취할 수 있는 수종재배 농장 을 구입하여 경영하고 있다. 텃밭이나 주말농장도 좋겠지만, 수 종재배 농장을 택했다. 국가에서 수종 개량을 권장하고 있는 터 라 손쉽게 마련할 수 있었다.

아파트 정원수로 단풍나무, 녹나무, 모과나무, 가시나무, 이팝 나무, 은행나무, 앵두나무, 석류나무, 향나무 등 15종, 8천 그루 로 희망의 나무란 수종으로 숲을 만들어 주었을 때를 말한다.

식목은 한 가지 일로 끝나지 않고 미래지향적인 안목에서 전개

하는 작업이다. 홍수를 막아주는 것은 물론 풍요로운 정서, 마음의 정화에까지 크게 도움을 준다.

나는 수목농장에서 나무를 돌볼 때마다 작품을 구상하곤 하는데 나무를 가꾸는 일이나 작품을 쓰는 일이 별반 다를 바 없기 때문이다. 예를 들어 '나무'란 시 한 편을 순산하기 위해서는 작가들은 가슴속에 수천 그루의 나무를 심어야 한다.

글을 쓰면서 강의도 할 수 있는 것이 미래의 활동에 좋은 설계 자료가 되었다. 자연과 같이하는 시간이 자아성찰이나 영혼정화에 도움이 크다는 것을 오래 전부터 알고 있기에, 강의가 계속되고 나무가 무럭무럭 자라는 것이 내 모습이 되고 있다.

다음 계획은 남을 위하고 배려하는 일이다. 남에게 베푸는 일은 보수에 연연하지 않을 때 진정한 봉사활동이 이루어진다. 그 시간만큼 행복하고 보람된 일은 없다고 믿고 있다. 이러한 일은 매일을 즐겁고 감동으로 살아가게 한다.

은퇴해서 그런 일을 찾은 것이 8년째 동대표(거주지 아파트 동대표 감사)* 역할에 관여하는 것이다. 매월 한두 번 진지한 협의를 통해서 이웃과 주민을 위해 문제를 해결하고, 봉사하고 관리하는 일을 할 뿐만 아니라 면(面) 지역발전협의회 이사로서 지역사회에서 일어나는 문제 해결에 동참하고 있다. 하천 오염이 있을 시에는 즉각 신고를 받아 관계부서에 연락하여 처리하고, 오폐수 문제 해결, 문화 예술작품 활동, 면민의 날 등을 통하여 상부상조 참여한다. 다문화가족과 경로회원 한글 지도, 교육과 선진 문화에 관한 담화, 마을 학숙 운영 등 강의가 없는 날 틈틈이 봉사활동을 계속하고 있다. 오늘을 즐겁게 맞이할 때 정체성이 확립되어 자신이 한 일에서 보람을 찾고 인간관계가 형성되는 것이다.

봉사하면서 자신을 돌아볼 수 있는 계기가 되어 보람 있는 모습으로 미래를 내다보게 될 것이다.

다음은 노쇠해가는 몸에 맞는 여가선용이다. 이 시간은 건강과 취미를 살리는 일이다. 취미나 소질을 가꾸고 계발하는 활동으로 건강관리와 인간관계가 이루어진다. 독서나 예술 활동은 혼자서도 가능하지만, 골프(golf)는 같은 취미의 친구를 만나고 코치해 줄 선임자를 가끔 만나야 하며, 같은 실력의 동료들은 틈만 나면 만나야 한다. 노년기에 맞는 운동경기나 예술작품 제작, 감상, 문화재 답사 활동은 여가선용으로 쓰이고 있다. 여가활동에 친구를 만나면서 오늘을 살아가는 우리는 '삼인동행(三人同行) 일인아사(一人我師)'를 '삼인동행 삼인아사(三人我師)'로 바꾸어야 한다. 즉 취미, 소질이 다른 2만여 직종이 있는 사회에서 동행하는 모두를 내 스승으로 대하면서 자신도 스승이기를 자처할 수 있는 것이 '자기교수법'으로, 동행자 모두 내 스승이 된다고 보는 관점으로 대인관계를 만들어가는 것이다.

동행은 자기 활동 영역에서 만남이다. 나와 너와의 성실한 만남, 이것이 우리가 갖고 싶은 만남인 것이다. 만남 자체가 인생이기 때문이다.

그리고 자기를 사랑할 줄 알아야 한다. 자기를 사랑하지 않고는 남을 사랑할 수 없으며, 자기를 모르고는 남을 이해할 수 없기 때문에 베풀면서 이해와 용서를 앞세울 때 즐거운 일과 봉사가 여가선용으로 이어질 것이다.

보너스로 받은 나의 여생

미래의 꿈은 건강한 생활을 하며 여가를 선용하는 행복한 여생이다.

부모님께 받은 것 없는 맨손이었기에 울퉁불퉁한 터널의 연속을 남에게 의지하지 않고 걸어 왔으니 앞으로 만나는 장애물이나 시련도 달게 받으며 바람을 향해 나아갈 것이다. 모든 성공은 시련이나 장애물 뒤에 있었기 때문이다.

미래의 꿈을 실천하기 위하여 나답게 살아갈 수 있는 일인가, 분수를 지키는 일인가, 고뇌하며 설정하였는가를 타진해 보았다. 자신의 처지에 맞게 살아야 노후에 대한 불안이 없기 때문이다.

먼저 몸에 맞는 일을 지속해야 한다. 일은 즐겁게 해야 하고 적당한 일을 한다. 일이 정해지면 구체적으로 계획하여 끈기 있게 그 일에 매진해야 하는 것은, 그 일에 미치지 않으면 해낼 수 없거나 이루어 내기가 어렵기 때문이다.

조금 가벼운 차원의 교육 강의와 문학작품 창작이 내가 해야 할 일의 주류이다. 그래서 두 과목, 일 년 동안 뛰던 강의를 한 과목, 한 학기만으로 여유시간을 만들어 임하고 있다. 여가 시간의 자투리를 작품 창작에 배려하였다.

각 학교나 문화 복지센터 무료 강의 요청은 시간 강의만 배려하고, 일주일 이상 요청은 다른 분에게 배려하도록 하였다, 각종 문화 예술 행사 참여도 건강을 고려하여 선택, 참여하기로 하였다.

봉사는 남을 배려하는 만남이다. 만남은 사람뿐이 아니고, 사람과 일이다. 내가 만나는 사람을 소중히 한다. 인간관계가 원만해지는 봉사활동이 삶의 최상 덕목이라는 것은 잊고 있던 나에게 이웃을 돌아보게 하고 자신을 리모델링하는 계기가 되었기 때문이다.

보수가 없는 것만이 봉사는 아니다. 시청 주관 행사 중 스포테이지 자원봉사나 문화 예술 저변확대에 동참하는 봉사, 문학회 활동으로 시민을 위한 문학의 밤 행사 참여, 시낭송 행사에서의 봉사활동으로 문화 예술 감각에 젖을 수 있는 기회를 가지면서 많은 것을 얻을 수 있었다.

현재 아파트 동대표와 학교 운영위원장 역할로 주민에게서 학교로, 학교에서 주민들의 불편 해소로 옮겨 다니면서, 지역발전을 위한 협의회 참석으로 몸과 마음을 보수 없이 투자하는 봉사활동을 계속하고 있다.

여가선용은 취미나 특기, 또는 소질이 있는 영역을 계발하여 즐기는 시간이다. 여유란 마음가짐으로 생긴다. 누가 시켜서 하는 일이 아니고, 즐거워서 몰입할 때 성취감을 얻을 수 있기 때문이다.

노년기 운동에 좋다는 골프를 오래 전부터 취미로 하고 있다. 지금은 건강차원에서 연습장 경기를 주로 하는 편이다. 땀을 흘리고 샤워하고 나면 왕성해지는 식욕으로도 즐겁다.

신체건강과 정신건강으로 나누어서 나는 읽고 싶은 책을 읽는 독서와 레저를 즐기며 여가선용을 한다.

다문화 가족의 언어

　국제결혼이 성행하고 있다. 따라서 글로벌(Global) 시대에 걸맞게 다문화 가족이 날로 늘어나고 있는 실정이다.

　다른 나라 사람과의 혼인으로 이질적인 언어문화와 접목되어 새로운 문화가 생성됨으로써 여러 가지 문제가 생기고 있다. 그중에서도 말이 통하지 않아서 답답하다는 것이 제일 큰 문제다. 문화의 중심이 언어이므로 다른 나라와 우리나라와의 문화 접목이 동시에 일어나야 국제결혼으로 인한 언어 소통이 가능할 것이다.

　지난해 김해 시청의 요청으로 김해 문화센터에서 일본인과 베트남, 필리핀 주부들을 대상으로 언어에 대해 지도한 적이 있다. 그때 제일 먼저 해결하여야 할 것이 의사소통 문제였다.

　첫째, 언어 지도 시설이 별도로 만들어지지 않고는 성과가 부진할 수밖에 없었다. 그들이 자유자재로 소통할 수 있는 환경 여건 조성과 교육이 수반되는 정책이 마련되어야 한다.

　둘째, 이주 여성들을 중심으로 대화가 풍부해질 수 있는 교재와 자료를 충분히 갖추어야 한다. 이에 상응하는 문화 축제나 행사를 통하여 우선 소통이 이루어지도록 해야 한다.

셋째, 이주 여성들만 따로 지도해야 한다. 한국 문맹자와 함께 지도하면 지도하기도 어렵고 쉽게 익힐 수 없다는 것을 알았다. 언어는 생활이요 훈련이기 때문이다.

지도법이나 지도 자료가 별도로 없는 실정이고, 우리나라 문맹자와 같이 지도하고 있어서 성과를 거두기 어렵다는 것이다. 언어문화가 다른 문화의 중심이 되고 있기 때문에 우리말을 익혀 의사소통하는 일이 급선무요 중요한 일이 아닐 수 없다. 따라서 이주해 온 여성들이나 모든 외국인들은 먼저 우리말, 우리글 배우기에 열심을 다해야 한다고 생각한다.

지금 한국어 교육은 자국민들은 물론 태권도 종주국으로서 각국 지도자 교육, 육군정보학교의 각국 군사 위탁 교육, 그리고 각 기관에서의 한글 공부로 하루 종일 강행군하고 있다. 우선 외국인 주부들의 언어 소통 정도에 따라 개별지도가 필요하고, 현재 사용 중인 한글 교재도 수정 보완되어야 한다.

언어는 생활 가운데에서 가르치고 익혀야 한다. 문자 위주로 가르쳐서는 의사소통이 이루어질 수 없기 때문이다. 어휘 확충을 중심으로 말놀이를 통하여 대화가 이루어지는 지도가 선행되어야 하는데, 시각적인 인식 학습과 음절지도가 절충되어야 바람직하다.

그림의 미학

살아가면서 마음에 여유가 없고 어지러울 때가 있다.

그럴 때 글을 읽을 수도 있겠지만, 그보다 쉽게 그림 한 폭에 취해 보면 어떨까 한다. 수채화 한 폭으로도 마음이 정화될 수 있기 때문이다. 서양화도 좋지만 나에게는 선과 점의 묘미를 살린 동양화가 좋고, 동양화 중에서도 산수화가 더 좋다. 오염되거나 훼손되지 않은 자연을 그대로 화폭에 옮겨 놓았기에, 또 자연과 인공의 만남에서 예술적인 아름다움과 생동의 의미를, 오묘한 조화에서 사랑의 미를 느끼게 하기 때문이다.

자연은 감상보다 체험이지만, 작품은 감상이다. 감상을 통하여 마음을 순화시키고 아름다움을 찾아 지닐 수 있어 좋으며, 자연의 실체를 화가의 심상에 재구성하여 영혼으로 안내 받아 내면화하였으니 영혼까지도 정화되는 것이다.

잠재의식과 현상의식에 담아 놓을 수 있는 살아 생동하는 선과 점을 참 자아와 현상적 자아에 놓고 자신을 돌아볼 수 있는 예술품이 산수화이기도 하다.

선(線)과 점(点)으로 내면세계를 창작해 빚어내는 산수화는 먼저 원근(遠近)을 통해 가까운 삶과 미래의 창을 내다보게 하고, 거기에 마음의 중심을 놓아 구도(構圖)를 찾아 나서는 기쁨을 주기도 하니 명화가 아니면 느낄 수 없는 진수이리라. 그리고 이 구도에 연유하여 언약으로 맺어 나가는 아름다운 선(線)을 따라가 볼 수 있어 좋은 것이다. 이 선은 피부에 닿아 있는 가까운 선, 시야 밖에 있는 먼 선도 분명히 보이는 원근의 상이면서 굵고 약하고 밝고 어두운 명암(明暗)을 찾아보는 것으로 끝나지 않고, 산수(山水)에 눈을 주면서 몸을 움직여 보라. 그 공간이 얼마나 자유로운지, 자아를 편안하게 해 주는지 포근한 여백(餘白) 처리가 결정된다. 이같이 살아 생기가 있는 능선, 어둠 속에 묻혀 죽어 있는 선을 우리는 살아가면서 때때로 만난다.

김홍도의 산수화가 아니어도, 산수화를 감상하는 다섯 가지 기법을 모르더라도 그 그림을 누가 그렸는지, 어떤 화풍인지, 어떤 재료가 사용되었는지 굳이 알 필요는 없으리라. 감상하는 이가 하나하나 공감이 가서 좋다고 보이면 명작이요, 좋은 그림인 것이다.

세계 유물 200년 전통의 운림산방(雲林山房) 3대 주인 남농(南濃) 허건 선생의 그림 「조춘고동(早春古洞)(1951)이나, 「낙지론(樂志論)(1960), 「언덕 위의 보리밭」(1941), 즉 맥구(麥丘)의 그림 앞에 서 있기만 해도 좋아서 누구나 남농 기념관을 떠나기 싫을 것 같다.

「조춘고동」은 미술 전공하는 분이건 아니건 모두 알만큼 유명한 그림이다. 그 앞에 선 나는 움직임이 정지되어 버렸다.

중국의 옛 사학자 사마공의 제자가 스승인 사마온공에게 "중국에 이 많은 한자 가운데서 딱 한 글자만 가려 주십시오, 소생이 살아가는 좌우명으로 삼으려고 합니다." 하였더니 성실할 '誠'자를 골라 주었다고 한다. 남농의 「조춘고동」은 수많은 애호가나 감상자들의 발걸음을 멈추게 하고, 마음을 다스려 정서순화가 이루어지고, 그 느낌에서 영혼을 정화해 주는 감동을 준다.

아름다움을 추구한 그림 앞에서는 생(生)과 동(動)을 발견할 수가 있고, 작가의 얼을 녹여 완성한 작품에는 작가의 오기(五氣)가 그대로 용해되어 영혼이 깃들어 있는 것 같다.

선이 살아 움직이고 점이 살아 꿈틀거리니 생기가 있어 보이고, 보는 이의 얼굴에서는 화기가 도니 명암에서 빛을 발휘하여 감상자의 눈에는 정기가 서릴 것 같았다.

사회 구조가 복잡한 오늘을 살아가면서 명화가 아니어도 좋아하는 그림을 가까이에 두고 아름다움에 취할 수 있는 마음가짐이 필요할 것 같다.

쇠나 구리에도 녹이 슬듯, 우리 몸에도 때가 끼면 목욕으로 깨끗이 씻어 낼 수 있지만 마음에 묻은 때는 제거할 수 없기에 명화 감상은 더욱 필요한 것이다. 몸과 마음을 치유해 주는 힐링이 따로 있지 않다.

수목(樹木)농장에 심은 내일

나무처럼 인간에게 도움이 되는 식물도 없을 것이다.

느지막하게 야산을 3,000㎡ 사들였는데 쓸 만한 나무가 한 그루도 없어 모두 베어내고, 마침 국가에서 권장하고 있는 수종개량 허가를 얻어 수십 종에 이르는 정원수로 바꾸어 심었다.

흙은 거름을 주는 대로 식물을 가꾼다. 따라서 나무는 주인의 발자국 소리를 듣고 자란다. 그렇게 관심을 가져야 한다는 각오로 시작했다.

수목농장 관리를 아무나 하는 것은 아니어서 전문가가 일을 하지만, 가끔 제초기나 톱으로 간단한 작업은 하면서 한 달에 한두 번 들러서 밤낮없이 자라는 모습을 보면 만감이 교차된다.

내 고향에는 강물이 거울 같다 하여 이름붙인 경호강이 흐르고 있다. 때때로 다리 위에서 강물을 바라보며 사시사철 거울 같은 강물만 보며 살 수 없을까 안타까울 때가 한두 번이 아니었다. 비가 올 때는 황토물이 되거나 가뭄에는 강바닥이 보일만큼 줄어버릴 때도 있기 때문이다.

실제로 나무를 심는다는 것은 쉬우면서도 어려운 일이다. 사시사철 심을 수 있는 것도 아니요, 심을 때 치밀한 계획을 세워야 하고 시기를 놓쳐서는 안 되는 일이기 때문이다.

고향 산에 나무를 심어 놓고 나무를 생각하면서 감개무량할 때도 있었다. 나무를 심는다는 것은 꿈을 심는 것이어서 누구에게나 즐거운 일이다. 꿈은 내일을 심는 것이요 희망을 심는 것이다. 따라서 지금이라도 희망의 나무가 더 많이 심어질 수 있게끔 가꾸고 관리해야 한다. 준비된 희망 나무란 수종 개량한 나무가 숲을 만들었을 때를 말한다.

식목은 한 가지 일로 끝나지 않고 미래지향적인 안목에서 전개하는 작업이다. 정화 차원이나 정서적인 면에서도 필요불가결한 일이요, 홍수를 막아 주는 것은 물론 개인에게나 단체, 학교, 회사 등 모든 부문에서 정서에 크게 도움을 주기 때문이다.

우리는 1960년대 이후 무조건 나무심기에 매진해 왔다. 벌거벗은 산을 푸르게 하기 위해 나무 수종은 생각할 여유도 없었고, 나무 건사는 물론 생산성 있는 나무를 예상하지 않고 심는 것만이 능사였다. 빈틈만 있으면 밀식을 해서라도 산을 푸르게 만들었다. 그 결과 겉으로는 푸르게 되었으나 숲속에는 목재로 쓸 만한 것은 물론 나무들이 약하고 비틀어져서 정원수 감이 될 나무는 한 그루도 없고 홍수 조절 능력도 없어졌다고 한다. 요즈음은 계획적이고 과학적으로 식수를 하고, 정원수를 심어 산을 아름답고 쓸모 있게 가꾸고 있다.

나무는 사람들에게 쾌적한 느낌과 심리적 안정감을 제공하고 바람의 방향을 완화시켜 기후 조절 효과를 제공하는가 하면, 유해가스 흡수는 물론 공기를 정화시켜 인간의 마음을 바꾸어 놓는 역할을 겸한다.

인간의 마음에도 때가 끼기 때문에 '세심(洗心)' 즉 매일 마음의 때를 씻지 않으면 스트레스를 이겨낼 수 없다고 한다. 인간의 심리안정과 영혼의 순치, 즉 마음을 정화하여 정신을 맑게 해주는 나무를 심고 숲을 가꾸고 싶다. 그래서 가끔 수목농장에 들러 마음을 다스리곤 한다.

나무를 심어서 숲을 만들면 자연의 풍요 속에 스스로 정화될 것이며 자아정체성도 찾을 수 있을 것이다. 자연 속에서 나를 돌아보면 용서와 양보, 이해와 책임까지 느낄 수 있기에 우리는 자연을 가까이해야 한다.

나무는 숲을 이룬다. 숲은 거대한 산소통이기에 공기의 정화, 환경의 정화에도 큰 역할을 하고 있다. 숲속을 거닐 때 마음이 상쾌해지는 것은 이 때문이다. 겉으로 볼 때 풍성하고 아름답게 보이는 것도 나무 한 그루 한 그루의 생리적 기능과 역할을 함께 하여 밖으로 내보내는 전체 모습이 아름답게 보이는 것이다.

정보화 사회의 거대한 질서 속에서 상호 유기적 관계를 형성하는 것도 나무가 숲을 이루는 이치와 다를 바 없다. 수종 개량의 녹화사업은 사회 곳곳에서 더욱 발전시켜 나가야 할 일이다.

행복을 권하는 사람

책을 권하는 사람은 행복을 권하는 사람이다.

일반적으로 자기 행복은 자기가 빚는 것이다. 그러나 책을 권하는 일은 다른 사람의 행복을 빚어 주는 일이기에 더욱 값진 것이다. 책방에 산더미같이 쌓인 책을 골라 읽어야 오늘을 살아가는 현대인일 만큼 독서가 중요한 자리를 차지한다.

현대인에게는 정보와 지식을 갖춘 폭 넓은 교양이 필요하다. 시대적 당위성으로 봐도 그렇다. 교양을 갖추려면 우선 책을 읽어야 한다. 책을 골라 읽는 것이 삶을 선택하는 방법이라 할 수 있다. 그렇기에 책을 읽으라고 권하는 사람은 그 사람에게 은인일 수도 있다. 그렇기에 책을 권하는 사람이 되어야겠다.

초등학교 5, 6학년이라면 세계 명작을 읽어야 한다. 지금 어른들의 어린이일 때와 오늘의 어린이는 사는 방법이 다르고 환경도 다를 것이다. 어떤 책을 읽느냐는 어떤 인생을 살 것인가와 같기 때문이다.

모든 풀이 약초가 아니듯, 모든 책이 마음의 양식이 되지는 않는다. 좋은 책만이 마음의 싹을 가꾸어 주는 소중한 영양이 된다는 사실도 알아야 한다.

오늘을 살아가는 사람들은 책을 가까이 해야 한다. 책 속에 길이 있고 살아가는 방법이 있으며, 그 책 속에 일거리가 있다. 일에 따른 돈이 있으며, 내일이 있다. 그렇기에 한 톨의 낟알을 손바닥에 올려놓고 천근의 무게를 느끼는 심정으로 독서에 대한 비중을 생각해야 할 것이다. 현대에 독서가 취미일 수만은 없다. 독서가 생활이요 수단이며, 필수 요건이기 때문이다.

특히 자신을 알기 위해서는 독서를 해야 한다. 자신을 알아야 자기를 사랑할 수 있고, 자기를 사랑하여야 다른 사람을 사랑할 수 있기 때문이다. 따라서 '성공'은 열매 그 자체에 만족하기보다 그 과정을 즐겨야 한다. 독서를 통해 성공의 길을 찾을 수 있기를 기대해 본다.

책을 권하고 읽는 것은 인간관계 속에서 속삭이는 일이며, 영혼과의 끊임없는 대화인 것이다. 책은 인간의 일생과 영혼의 모습을 그대로 투영해 주고 있다. 그래서 인생을 한 권의 책에 비유했는지도 모른다. 나는 책 읽는 시간이 제일 즐겁고 행복하다. 그만큼 보람 있는 일도 없을 것이다.

한 권의 책에 우주가 들어 있고 동서고금의 역사가 있으며 개인의 과거와 현재, 미래가 있다. 성현의 지혜와 말씀이 있으며, 철학자의 사색을 간접적으로 수용할 수 있다.

이러한 책을 먼저 읽고 권하는 스승과 친구와 선배가 있을 때, 그 사람은 행복한 사람이다. 정보화시대에 독서는 성공인의 필수 영역이라 생각된다.

인간성 회복이나 영혼의 정화 측면에서도 독서를 빼놓을 수 없다. 독서는 건강한 비판정신과 함께 이웃을 사랑할 줄 아는 삶의 지혜를 가르쳐 주는 정신적 산물을 제공하기 때문이다. 정보와 지식이 사회생활의 원동력이 되는 사회이므로 독서로써 새로운 정보창출이 될 수 있도록 범시민 독서운동을 벌이는 것도 좋은 방법이라 생각된다. 시·도 도서관이 설치되어 자율적으로 운영되도록 시·도 정책의 일환으로 펼쳐 나갔으면 한다. 그렇게 되면 학부모와 교사의 관심으로 인해 학교에서 독서 활성화가 일어날 것이다. 직장인들이나 주부, 일반시민들이 쉽게 찾아갈 수 있는 도서관이 늘어 곳곳에서 책과 가까워질 수 있는 기회가 생긴다.

선진국은 도덕적 실행기준이 상향될 때 가능한 것이다. 책을 읽어 문화국민이 되도록 노력할 때 선진국이 될 것이라 본다. 그래서 요즈음은 아는 것이 힘이 아니라 실천하는 것이 힘이다. '주저주저하다가 어느 날 무덤에 왔다'고 한 맥스웨브의 말을 생각하면서 주위에서 독서가 이루어지고 있는지 살펴볼 일이다

부와 명예를 얻었다고 성공이라고 할 수는 없다. 그 명예나 부를 남과 나누었을 때 비로소 성공을 이룬 것이라는 개념을 일깨워 주는 것이 책이다. 동서고금을 막론하고 존경받는 인물은 우리 인생의 반려자인 동시에 거울이다.

나는 학생들에게 책 300권은 읽고 졸업하라는 당부를 빼놓지 않는다. 한 권의 책, 한 줄의 명언이 그들의 장래를 결정하기도 하고 인생의 비전과 미래지향적 안목을 좌우할 수 있기에 우선 존경하는 인물의 책은 있는 대로 탐독하라고 한다.

존경하는 인물의 전기나 저서를 필독서로 하면 그 길이 자기가

걷는 길일 수도 있기 때문이다. 자기가 읽고 싶은 책이면 어떤 분야의 것이라도 좋다. 이영근 박사의 『부자 되는 7가지 조건』 속에도 무조건 독서하여 성공한 사람들의 행적을 따라 해보라는 당부가 들어 있다. 그것을 보아도 독서의 중요성은 더 강조할 필요가 없을 것이다. 미래는 자신의 우상을 통해서 형성되는 경우가 있다. 그래서 내가 하고 싶은 일을 하고, 내가 보고 싶은 책을 읽어야 한다는 것이다.

목표와 연관된 책을 보면 그 꿈이 실제로 나를 향해 걸어오게 될 것이고, 자신만의 도서 목록을 마련하여 메모하는 습관을 들인다면 인생에 무엇보다 든든한 밑천이 될 것이다. 굳게 잠긴 문 앞에 만능열쇠를 갖고 서 있는 열쇠장수처럼 말이다.

존경하는 인물

유년시절, 어른들이 많이 묻는 질문이 있다.

"커서 무엇이 되고 싶으냐?"고 물으면 내가 어릴 때는 대통령, 장관, 사장 등 실천하기 희박한 공상적인 희망을 내세웠다. 그러나 지금 어린이들은 성장해서 정말 해보고 싶은 꿈을 이야기하고 소질과 취미에 맞는 실제적인 이야기를 한다. 이를테면 선생님, 화가, 간호사, 성악가, 디자이너 등 실제로 되고 싶은 것을 말한다. 지금 우리 사회에는 존경할 만한 인물이 없다. 어지럽고 혼탁한데다가 진실이 묻혀 버린 상황에서 존경할 인물 찾기란 어려운 일이 되어 버렸다.

지금은 자녀들에게 장차 누구와 같은 사람이 되라고 떳떳이 말할 사람이 없어 안타깝다. 부모를 박대하는 패륜아가 많아졌고, 선생님을 추방하고 반항하는 학생들이 의외로 많아져 버린 것이다.

미국에서는 매년 '가장 존경하는 사람이 누구입니까?' 라는 설문을 전국적으로 조사하여 교육이나 사회 전반에 자료로 제공한다. 조사결과를 보면, 항상 전직 대통령이 1위에서 3위 안에 들어 있다. 남녀노소 할 것 없이 대통령을 국민의 사표로 삼고 존경한 다는 것이다. 그런 점에서 미국의 저력을 읽을 수 있다. 미국은 강한 공권력 속에서 법질서가 분명하게 지켜지고 누구나가 평등 한 대우와 상황 처리가 사회를 투명하게 만들고 생활을 자유롭게 한다고 생각되었다.

조지 부시 대통령이 당선될 때도 개표 시비가 큰 쟁점이 되었 는데 일단 당선 결정이 되자 여야를 비롯하여 모든 국민들이 대 통령을 존경하고 있음을 지켜보며 부러웠다. 우리는 어떠한가! 존경하는 인물이 있어야 자녀 교육의 건전한 구심점이 될 수 있 을 것이다. 역사는 민족의 거울이라는 말이 있다.

밝은 사회, 투명한 국가의 지도자로서 존경하는 인물이 나와 발전하는 민족의 저력을 과시하는 날이 어서 왔으면 한다. 사회 구조가 복잡하고 생활이 다양한 시대를 살면서 이웃도 모르고 살 아갈 것이 아니라, 그 지역에서 존경받는 인물이라도 발굴하여 자녀에게 교육하고 사회활동의 귀감으로 삼을 수 있는 사람들이 많아져야 하는 절실한 시대를 살아가고 있다.

인간은 세 번 태어난다고 한다. 부모님으로부터의 탄생, 평생 을 마주 보고 사랑하며 살아가는 반려자와의 만남, 그리고 자기 를 알고 신뢰힐 수 있는 믿음이나 종교, 존경하는 인물을 만나는 일일 것이다.

독서 메모장

삶의 방법은 사람마다 다르다.

나는 일과 독서를 삶의 방식으로 삼고 있다. 지식 정보화시대에 독서는 필수 영역이다. 인간성 회복이나 영혼의 정화 측면에서, 정신을 살찌우는 방법으로 독서를 빼놓을 수 없다.

독서는 건강한 비판정신과 함께 문화를 아끼고 이웃을 사랑하는 삶의 지혜를 얻게 해주고 건강한 정신을 만들어 준다고 믿고 있다. 그래서 늘 손 가까이에 책이 있다. 읽고 몇 자 메모하는 것으로 독서를 계속하는 것이지만, 그렇게 메모한 것이 현재 68권째다. 메모장에는 책 내용만을 옮긴 것이 아니다. 삶에 영향을 미칠 수 있는 글 한 줄, 문제 해결의 길을 제시하여 삶에 의욕을 주었던 부분, 참여하고 행동으로 옮겼던 일, 지표나 용기를 열정으로 바꾸어 준 사실들을 기록한 것이다.

선진국이란 전 국민의 도덕적 실행기준이 상향될 때 가능한 것이다. 책을 읽어 문화국민이 되도록 노력할 때 어느새 선진국으로 진입하는 것이다.

'남아수독오거서(男兒須讀五車書)'라는 말은 남자라면 평생 다섯 수레 정도의 책은 읽어야 한다는 뜻이다. 다섯 수레 분량의 책은 대충 7,500~10,000권에 이른다고 한다. 즉 책을 곁에 두는 것으로 평생교육이 시작되고, 독서량을 확보하는 것만으로도 평생교육을 실천한다는 의미인 것이다.

 누구나 살아가면서 한두 번쯤 벽에 부딪쳐 시련을 맞게 되는데, 그럴 때마다 책 속의 여러 군상들은 그것을 어떻게 극복할 수 있는지를 보여준다. 대처방법을 체득할 수 있게 되고 닥친 고비를 헤쳐 나갈 수 있게 되는데, 결국 책이 우리에게 일종의 처방을 해주는 것이다. 독서로 얻은 힐링(Healing)으로 잠재의식과 현실의식이 접목되었을 때 자신도 모르는 아이디어로 문제해결이 가능하고, 성공한 사람들의 경험을 통해 성공을 꿈꾸게 되고 실제로 성공에 이르게 되는 것이다.

 부와 명예를 얻었다고 성공한 것은 아니다. 그 명예나 부를 남에게 양보하고 배려했을 때 비로소 존경받는 성공을 이룬 것이다. 성공의 개념을 일깨워 주는 것이 책이고 독서에서 얻는 소득이다.

 나는 대학생들에게 학교생활 4년 동안 책 300권은 읽고 졸업하라는 당부를 빼놓지 않는다. 한 권의 책, 한 줄의 명언이 그들의 길을 결정해 주기도 하고, 인생의 비전과 함께 미래지향적인 안목을 좌우하기 때문이다. 그래서 강의 때마다 메모장에서 도입 자료를 발췌하여 체험적 사실을 제시하는 것으로 시작한다.

 우선 각자의 존경 인물이 다르겠지만 책은 있는 대로 탐독하라고 한다. 존경하는 인물의 전기나 저서를 필독서로 하면 그 길이 자기가 걷는 길일 수 있다. 그러나 그것이 아니어도 좋다. 자기가 읽고 싶은 책이면 어떤 분야의 것이라도 상관없을 것이다.

　미래는 자신의 우상을 통해서 형성되는 경우가 있다. 우리는 책을 통해 내가 하고 싶은 일과 내가 해보고 싶은 일을 찾는 것이다. 꿈과 연관된 책을 보면서 나의 꿈이 실제로 나를 향해 걸어오게 만들 수 있다. 자신만의 도서목록을 마련하고 메모하는 습관을 곁들인다면 인생에 무엇보다 든든한 밑천이 될 것이다. 굳게 잠긴 문 앞에 만능열쇠를 갖고 서 있는 열쇠장수처럼 말이다.

　이러한 작업들은 곧 일과 통한다. 어떤 것이 일이며, 왜 그 일을 해야 하는가! 내가 하는 일을 통해 자신의 정체성을 찾기 때문이다. 책을 읽고 메모하는 것도 일이다. 뿐만 아니라 노동 또한 일이다. 걷지 않은 날이면 간단한 노동으로 대신하면서 이러한 활동을 통틀어 일이라고 한다. 일하는 것만큼 보람되고 가치 있는 활동은 없을 것이다. 텃밭을 가꾼다거나, 이웃을 위해 봉사하는 일도 그 자체에 의미와 가치가 내재되어 있다고 생각한다.

　교황 요한 바오로 2세는 '일은 인간의 존엄성을 표현함으로 인간에게 선한 것'이라고 강조하였다. 우리는 등산으로 건강을 찾으려고 하는 경향이 있다. 자기에게 맞는 건강을 생각한다면 체질과 생각에 어울리는 방법을 찾아야 한다. 약간의 햇볕을 쬐고 땀을 흘려 일을 하는 것이다. 일은 잡념을 없애고 몰입할 수 있는 것이어야 한다.

　또 '돈이 필요하지 않은 것처럼 일하라.'고 권하고 싶다. 일하는 시간만큼 일하는 자유를 찾을 수 있고 나를 돌아 볼 수 있기 때문이다. 그러한 가치를 독서에서 찾는 일만큼 보람 있는 것은 없을성싶다.

바른 습관 좋은 습관

밝고 건강한 사회 발전은 정의의 실천에 있다 해도 과언이 아니다.

요즈음엔 밖에서 만나는 사람이나 학교에서나 선뜻 먼저 인사하는 사람을 만나기가 어렵다. 뿐만 아니라 아파트 엘리베이터 안에서도 인사하는 학생을 만날 수가 없다.

왜 이런 현상이 일어날까. 이것은 핵가족 시대의 단면으로서 예절교육과 교육실천의 부재라고 생각한다. 즉 정의 영역 덕목의 내면화 지도가 이루어지지 않았거나, 습관화되도록 가정이나 사회에서 실천할 수 있는 계기나 지도가 미흡했기 때문이다. 결국 핵가족화 된 가정과 사회에서 뒷받침하지 않은 탓이다.

힐러리 클린턴온 '한 이이를 제대로 키우기 위해서는 마을 어른 모두가 나서야 한다.'고 했다. 핵가족 시대에 어린이들의 인성교육을 위해서는 사회도 한 몫 해야 한다는 취지이다. 따라서 산책길에 만나는 사람에게 '내가 먼저' 인사를 한다든지 학생들에게도 '먼저 인사하라'고 지도해야 하는 것이다.

약속 시간을 지키는 것도 습관화되었을 때와 그렇지 않을 때 다르다. 좋은 습관은 그냥 생기는 것이 아니라 노력해서 만들어지는 것이다. 인사할 때에는 표정을 밝게 하고 윗사람 안부 묻기와 아랫사람 격려도 겸하는 인사말이 습관화된다면 얼마나 좋을까. 정의, 한 덕목만 잘 지도하여 실천하는 습관화가 이루어질 수 있다면 다른 덕목도 실천할 수 있다는 '일통일체통(一通一切通)'의 의미를 가진다.

왜 세상은 성공하는 사람과 실패하는 사람들로 나누어질까. 삶의 원리를 몰라서 그럴까. 나쁜 습관을 떨쳐버리지 못하면 성공할 수 없고, 반대로 좋은 습관을 익히면 성공하게 되어 있다. 좋은 습관을 만들기 위해서는 예절, 질서 등의 덕목을 내면화하여 지도를 통해서 익히거나 기본예절 덕목을 어릴 때부터 실천하도록 해야 할 것이다.

폭주하는 지식 앞에서는 '아는 것이 힘'이 될 수 없고, '실천하는 것이 힘'이 되므로 좋은 습관을 만들어가야 할 것이다. 상대방을 만났을 때 저절로 '안녕하십니까?' 란 인사말이 나온다면 인사성은 그 사람에게 고운 습관으로 만들어져 생활화된 것이며, 길들여진 행동으로 옮겨진 것이라 볼 수 있다.

잠시 미국에 체류하면서 느낀 것은 '해피 데이(happy day)', '조이 데이(joy day)'가 습관화 내지 생활화되어 입에 달고 다닌다는 것이다. 따라서 사회 분위기가 건전해짐을 실감했다.

보람 있게 살아가기 위해 저마다 행복하고 즐거운 생활을 가꾸는 노력을 경주한다. 그러기 위해서 깨어있는 삶이 그 어느 때보다도 요구되는 시대에 살고 있다. 보다 빠른 정보, 다양한 지식을 지니는 인간관계에 게을리하지 말아야 하고, 항상 마음을 비워 다스리는 일도 중요하다. 마음을 비운다는 것은 생각하는 것을 중지하는 것이 아니라 탐, 진, 치를 떨쳐버리는 일이다.

'바다는 메울 수 있어도 사람의 욕심은 메울 수 없다'고 했듯, 많은 사람들이 욕심 때문에 싸우고, 괴로워하고, 가슴이 태우고 있다. 조그마한 일에도 시기하고 노하는 것은 남자나 여자나 똑같다. 교만은 이기심으로 나타나는 자기밖에 모르는 생각에서 나온다. 우리 주변에 팽배해 있는 이기심은 남의 탓으로 돌리는 나쁜 마음의 불이므로 스스로 다스릴 수 있어야 하겠다. 그러면 어리석음도 해결되는 것이니, 곧 마음을 비우는 일이다.

오늘을 살아가는 많은 사람들이 일에 집착하기 때문에 최선을 다한다는 생각이 희박하다. 양심과 도덕심이 해이해져 있으며, 봉사하고자 하는 마음이 결여되어 있다. 이러한 덕목을 실천하는 습관이 바른 삶인 것이다.

중용(中庸)의 미덕

이쪽도 저쪽도 아닌 중간을 우리는 중용이라고 생각한다.

그러므로 생각할수록 깊어지는 중용의 미덕을 다시 캐 보는 것은 의미 있는 일이다. 중용은 옳고 그름, 어느 쪽을 벗어난 가운데를 택하는 것이 아니요, 이분법적(二分法的) 판단을 해결하려는 것도 아니다. 철학적 주관으로 좌와 우를 모두 알고, 신념 그대로 가는 중립적 위치에서 볼 수 있는 중용은 많은 선현들의 사상이었으며 철학의 지향점이었다는 데에 초점이 모아진다.

흑백 논리, 가부의 논리가 아닌 중용(中庸)은 어느 편에도 속하지 않았다. 우리는 한국전쟁을 치르면서 양론을 컨트롤할 수 있는 위치가 중용이기에 미덕으로 삼고 있다. 옛 성인들의 길이기도 했다. 술에 술탄 듯, 물에 물탄 것이 중용지도가 아닌가 하는 무식한 생활을 해온 나는 부끄러울 수밖에 없었다.

인생길을 걸어가면서 어느 쪽에 서느냐에 따라 자신의 생이 결정되듯, 어느 쪽을 선택하느냐에 따라 길이 달라진다. 때로는 생과 사의 결정에 부딪히게 될 때도 있다. 어떤 장소, 누구를 만나

느냐에 따라 가는 길이 달라질 수 있다. 그러므로 중용지도는 동서고금을 막론하고 선현들의 좌우명이요 철학이었음을 이제야 깨닫는다.

우리말

세계의 언어 가운데 우리말이 쓰기 좋고 편하다.

소리글로서 문자의 디자인이나 조직이 우수하고 음절과 음소가 독창적인 '자질문자'로서 세계 각국의 석학들이 찬탄을 아끼지 않고 있다. 이런 시점에서 우리글과 언어를 아끼고 가꾸어 나가야함은 당연한 일일 것이다.

언어문화는 가정문화의 중심을 이루고 있다. 가정에서 먼저 순화된 언어를 사용하도록 해야 하고 다시 사회로 확대시키는 것이 바람직하다.

어린 손자 손녀 때문에 할머니 파출부를 한 분 두었더니, 토끼를 '토까이', 염소를 '얌세이'로 사투리를 많이 써서 걱정이 되었지만 아이들에게 따라 하지 않도록 했을 뿐이다. 직접 말하기는 곤란하고, 어휘 확충을 위해 끝말잇기 놀이는 괜찮겠다고 생각하였다. 바른말을 하도록 했지만 발음이 분명하지 않았다. 가령 '가을' 하면 '얼굴' 해버린다. 음 대로 발음하지 않아서 일어나는 현상이다. 그래서 언어는 조기지도가 필요하고, 습관화되기 전에 표준말로 고쳐 나가는 것이 중요하다. 굳어지면 고치기 힘 드는 것이다.

'아 다르고 어 다르다'는 말이 있다. 이것은 어감에 따라 받아들이는 느낌이나 감정이 달라진다는 의미와 함께 한글은 양성과 음성으로 어울려서 내는 소리가 서로 다른 감정이나 느낌으로 받아들여진다는 것이다.

우리말과 글에는 양과 음이 있어 뜻과 소리에서도 양과 음이 어우러진 발성으로 전달된다. '아, 오'는 밝은 소리 양이고, '어, 우'는 어두운 소리, 즉 음이다.

여자, 처녀, 어머니는 'ㅓ, ㅕ'로 음의 뜻과 소리로 어울려 있다. 이에 비해 아버지, 오빠, 총각은 'ㅏ, ㅗ'로 양의 뜻과 소리이다. 또 응원할 때 우리 선수들에게는 양의 뜻과 소리인 '와~' 하면 격려되어 양의 기운이 더해지고, 적군인 상대 선수에게는 음의 뜻과 소리 '우~' 로 야유하여 기를 빠지게 하는 음의 소리를 내는 것이다.

'나'와 '우리'의 용어 혼용으로 수용하기 거북할 때가 많다. '나는 사장이다'와 '우리 마누라'라고 말할 때, 전자는 개인주의적 입장이고, 후자는 집단주의 개념에서 활용된다. '나'는 이기심이 강한 '나' 만이 존재한다는 상황이고, '우리'는 집단주의 입장으로 볼 때 공동의 것일 수 없기 때문이다.

'나'를 자아 긍정적 입장에서 활용하지 않고 집단주의 개념인 '우리'에 대한 상대적인 용어 해석으로 사용한다는 데 문제가 있다. '나'가 개인주의적 입장에서 이기심의 주체로 사용되기 때문이다. 따라서 '나'는 집단의 구성원으로서 공동체적 개념으로 사용되어야 한다. 자신의 존재를 인정하는 개인주의적인 것이 '나'이고, 남과 더불어 함께한다는 상황을 규명하는 집단적 개념이 '우리'인 것이다. 이처럼 우리말은 상황에 따른 감정, 표현에 따라서 의미가 달라진다.

'나는 본교 학생이다.'라고 할 때 '나'를 자아라고 한다. 자아란 생각하고 느끼는 '나'에 대한 자신의 관점이나 인식을 말한다. '나는 누구인가'를 구체적으로 깨닫는 것이 자아정체성(identity)이며, 자기에 대한 이해를 바탕으로 앞으로 무엇을 할 사람인가를 설계하고 나아가는 것을 의미한다. 그러한 '나'를 자아 긍정적 입장에서 활용하지 않고 집단주의 개념인 '우리'에 대한 상대적인 용어로 사용한다는 데 문제가 있는 것이다. '나'에 대한 개념이 이기심의 주체로 사용되기 때문이다. '나'뿐인 사회, 이기심이 팽배한 사회는 무질서하고 건전할 수 없다는 의미로 보는 것이다.

'본교 학생'이라는 나의 정체성은 별개의 개체로 해석하기보다는 집단 속의 구성원인 '나'를 전제로 해야 바른 의미 전달이 가능한 것이다. '우리'는 남을 배려하는 집단주의적 입장에서 남과 더불어 활동한다는 데 더 호감을 갖고 있다.

영어로는 we, 또는 our이다. 나와 남을 분리하지 않고 하나로 생각하는 '우리' 주의로 생활화할 때 공동체적 생활이 될 수 있는 해석은 바람직한 것이다. 우리는 '나의 공부방, 나의 가방' 해야 될 것을 '우리 공부방, 우리 가방'으로 쓰고 있다. 말은 될지 몰라도 의미상 통용될 수 없는 말이다.

다른 사람의 배려에 인색한 이기심은 이성적 판단으로만 극복될 수 있다. '나'를 사회 구성원으로서 공동체의식을 전제로 할 때, 전체의 아픔이나 행복이 개인의 아픔이나 행복으로 받아들여질 수 있을 때 가능한 것이다.

'나'는 서구의 개인주의적 발상으로 받아들이고 '우리'는 동양적 집단주의 입장에서 수용하기 때문에 동서양의 문화 차이로 극복해야 하지만, 집단 성원인 '나'로 받아들인다면 문제될 것은 없을 듯하다. 그러나 종종 '나'는 독단주의적, 개인주의적 발상에서 이기심과 자존심을 분리하지 못한 채 활용되는 경우가 많다.

'우리'라는 집단주의 개념도 자연스럽게 활용하여 건전하고 밝은 사회 질서 속에 활용하고 있는 것이다.

백년지대계(百年之大計)

급변하는 시대에 교육도 백년지대계일 수만은 없다. 국가의 장기 계획이 필요하고, 인재 양성을 위해 백년지대계(百年之大計)는 당연한 이야기이다.

하지만 정보화 시대에 대응할 수 있는 교육, 즉 커리큘럼은 시시각각 전 분야에서 다양하게 수용되어야 하기 때문이다.

스승 대하기를 하늘같이 해야 하는 것도 옳은 교육을 받을 수 있게 하자는 당연한 말씀이다.

오늘을 살아가면서 이 두 가지를 다시 생각해야 한다. 페스탈로치의 청빈한 교육을 실천하는 데 아무런 걸림이 없었던 농경시대와 오늘은 그 양상이 다르다.

가난한 집의 자녀가 공부를 잘할 수 있던 환경도 변하여 가난한 생활보다 넉넉한 생활의 자녀가 다양한 체험을 할 수 있기에 얼마든지 더 발전할 수 있는 세태가 되어 버렸다.

그런데도 이 두 가지는 고정관념의 틀을 벗어나지 못하고 있다. '백년지대계'의 고정틀은 교육과 변화를 외면해 버린 느낌마

저 들기로 한다. 사회가 변하고, 교육이 변하고, 관습이 변하는 변화시대인 이 판국에 '백년지대계'와 '군사부일체'는 틀에 맞추어 놓은 고정관념이요, 변화를 수용하지 못하는 구시대의 생각 속에 지은 집이다.

그렇다고 버리자는 것은 아니다. 다만 다시 한 번 다듬고 생각을 바꾸어 담자는 것이다. 교육은 사람을 바꾸고 세상을 바꾸는 힘을 가졌기에, 그 힘은 변화에 맞게 배려되어야 한다.

세계는 지금 하루가 다르게 급변하고 있어 고정관념으로는 대처할 수 없지 않은가! 지금 그 변화의 상황이 어떤가? 소득 1만 불 시대이면서도 IMF를 맞아 학교가 부도나고, 미국에서는 한 해에 백여 개 학교가 매물로 나온다고 한다.

부도가 난 학교는 교육이 중단되어야 하는 판국이다. 이런 상황에서 학교의 위상과 교육자상이 그대로 존속될 수 있겠는가. 그래서 교육의 '백년지대계'도 중요하지만 고정관념을 벗어나 교사상도 새로이 정립돼야 하는 것이다.

우리나라는 근 1세기 동안 농경사회에서 과학정보사회로 탈바꿈하여 지식사회로 변화되었다. 그 시대의 그 지적 수준으로 21C의 학생들을 가르칠 수 있겠느냐는 것이다.

급변하는 세계 정세에서 인재를 양성하려면 교육의 틀도 새로 짜아 하고, 교사도 재교육해야 하며, 스스로 배우려는 교사늘의 자세가 필요한 때이다. 관료, 지시, 획일에 길들여진 고정관념으로 교사들의 정년도 변해야 하고, 교사 근무 평가제도 도입되어야 한다.

실력이 못 미치는 교사는 수련하여야 하고, 초임교사는 시보

제와 재임용, 순회 교사 등 다양한 채용과 임용을 연봉제로 연계하여 시대의 변화를 수용할 수 있는 교육과 교사가 필요한 것이다. 치열한 경쟁사회에서 거듭 태어나지 않고 살아남을 수 없다는 것은 당연한 이치다.

경쟁사회에서 살아남지 못하면 학교도 문 닫아야 하고, 스승도 교직을 떠나야 한다. 이것은 일시적인 경제 위기 탓이 아닌 시대의 조류다. 변화 시대에 고정관념을 떨쳐 버리지 않고는 살아남지 못하고, 교육이 제 기능을 할 수 없다는 구조적 반성에서 제기될 수 있는 문제다.

교육이 진실로 국가의 '백년지대계'가 되고 '군사부일체'가 되려면 학교가 변해야 하고 교육자가 앞서 변해야 한다. 그 토대 위에 새로운 교육, 즉 '자기주도적 학습'이 적극적으로 도입되어야 우리의 미래가 있는 것이다.

준비하는 삶의 자세

　미국 1세대 이민자들은 2세들을 위하여 많은 고생을 하였다. 처음 자리 잡은 곳이 마땅치 않아 한두 번은 이사를 하는 사람이 많다고 한다.

　내가 아는 어떤 분은 이사 오면서 귀중품을 몽땅 잃어버렸다는 이야기도 들었다. 이삿짐 속에 섞이면 찾기 어렵다고 별도로 보관하다가 며칠 뒤 정리하면서 패물 보따리가 없어졌다는 것을 발견했다. 귀중한 가보를 모두 잃었다고 그 집 주부가 실신한 적도 있다.

　가족이나 주위 사람들은 액땜으로 생각하라며 위로하였다. 그러나 젊을 적부터 모아온 패물을 액땜으로 처리하기에는 너무 심한 형벌 같았다. 평소에 아끼며 정을 쏟은 패물이기에 더욱 안타까웠던 것이다. 일생동안을 조금씩 비축해서 준비하며 모은 것이기에 쉬이 잊힐 리가 없었다.

　나는 마침 가보가 없어 다행이라는 생각이 들었지만, 불난 데 부채질하는 것 같아 아무 말도 못했다. 적어도 가보는 대대로 전해지는 물건이나 의미 있는 귀중품인데, 우리 집에도 한국전쟁 이전에는 민화, 청자, 자기, 서예, 불상 등이 몇 점씩 있었던 것으로 기억된다. 아버지께 여쭈어 보았더니 한국전쟁 때 고향 본가가 완전히 불타고 피난 다니는 틈에 가보 같은 것은 챙길 겨를도 없었다고 했다. 다행히 우리 가문에는 계속 전해 내려오는 중요한 이야기가 있다. 그것을 우리 집에서는 정신적인 가보로 생각했는지도 모른다. 어느 대가 될지 모르지만 나라에 큰일을 할 수 있는 인물이 태어날 것이라는 이야기다. 너무 추상적인 이야기라 근원은 알 수 없지만 성취동기를 부여하는 의미에서 후손에게 전해 줄 수 있는 정신적 가보인 것이다.

인생을 준비하면서 살고, 성취동기로 의욕과 자신감을 지니고 살아가고, 또 준비한 것을 버리면서 새로운 것을 준비하는 것이 우리 삶인 것이다. 이사를 하는 것도, 직장을 옮겨 다니는 것도 같은 이치다. 모두가 다음 일, 다음 장소, 다음 주거지를 준비하는 것이기 때문이다.

결국 산다는 것은 필요한 것을 모으고 준비하는 일이고, 그것이 '가계사'가 되는 것이다. 어떤 물건이나 귀중품은 몇 년에 걸쳐 만들어지고 어떤 것은 수십 대를 거쳐 마련되는 것도 있는데, 그런 것이 가보로서의 가치가 있을 것이다. 그래서 누구나 한 가지씩 가보가 있을 것이다. 값이 나가건 안 나가건, 가보는 몇대로 물려 내려가는 것에 더 의미가 있다. 사람들은 그 준비를 위하여 일터에 나가고 노력하며 삶을 일구어나간다. 그렇게 대를 이으면서 가계가 형성되고 이루어지는 것이리라.

삶을 보람되게 하기 위하여 준비하는 것은 비단 물건만은 아니다. 정신적 소산인 자아혁신, 자기 정체성 형성도 준비하는 일이요 마련하는 것이다.

작곡가 김순애 교수는 어머니로부터 조그마한 '맷돌'을, 재미 수필가 김영중 씨는 '어머니 사진'을 가보로 간직하고 있으며, 교육학자 정범모는 자기실현을, 칸트는 경험 글을 일생동안 준비해 두었다. 시대가 급변하는 요즘에는 물질도 중요하지만 정신적 가보가 더 큰 의미가 있다. 모든 일이 마음먹기에 달렸다는 것은 그 사람의 의지에 따라 결정된다는 것이다. 가보를 전하고 보호하는 것도 준비하는 삶이다. 자기만을 위한 목표는 야심에 불과하지만, 다른 사람의 유익을 함께 추구하는 목표는 아름다운 비전이요 숭고한 꿈이 되는 것이다. 천년이 흘러도 영원한 젊음의 자리에 그대로 서 있는 것이다.

사무엘 울만은 '희망과 용기, 힘의 영감을 지닌 자, 그대는 항상 젊다'고 했다. 영감이 끊기고 비탄에 갇힌다면 20세라도 늙은 것이다.

약속 문화

　관공서나 단체에서 모임에 참석해 달라는 초청장을 받을 때가
있다. 그럴 때 좌석을 마련하거나 식사 준비를 하는데 필요하다
며 확인전화가 오는 경우가 있다.

　특별한 일이 있이 생기면 약속을 하고도 실천 못할 때가 있지
만 초청장을 받는 입장이라면 반드시 연락을 해주는 것이 예의이
다. 그런데 약속을 하고도 참석하지 않는 경우를 우리 주변에서
흔히 본다. 차가 막히는 것을 염두에 두고 적어도 한 시간쯤은
여유를 두어야 약속을 지킬 수 있다. 약속에는 중하고 경한 것이
없다. 반드시 지켜야 하는 것이다.

　경제 부흥만을 앞세웠던 우리나라는 생리적 욕구 해결만을 우
선하며 삶에 바빠 시간 지키기 따위는 아예 뒤로 미뤄왔다. 중요
한 약속문화가 그릇된 생활로 몸에 배었더라도 오늘을 살아가는
우리는 반드시 바꾸어야 한다.

　지금은 변화의 시대, 정보화 사회 속에서 정보와 신지식이 생
활의 원동력이 되는 시대가 되었다. 그리고 선진국으로 진입해야

하는 시점에 살고 있다. 좋은 환경과 경제적 삶의 풍요를 맛보고 있는 우리에게 선진국 문화 수준으로 자부할 만한 여건이 성숙되어야 하는 것이다. 그런데도 '코리안 타임'의 생활 습관이 아직 남아있다는 것은 안타까운 일이 아닐 수 없다.

어느 일요일 열린 '시민의 날' 행사는 관공서 주관으로, 참석자의 좌석을 배정해 놓고 중앙의 각 기관장 자리도 확인 전화 후 마련해 놓았다고 한다. 기념식 시작 시간이 지났는데 오십여 석의 자리에 서너 사람만 앉게 되자 담당자들이 서둘러 팻말을 거두고는 뒤쪽에 있던 일반 시민들을 불러 앉혔다. 개회식 5분이 지난 후에야 행사 시작의 팡파르를 울렸다.

약속불이행이나 거짓말은 사회정의를 파괴하는 기본이 된다. 인간과 인간의 불신과 대립을 조장하고, 진실 불감증에 걸리고, 사회혼란을 가져오게 되는 것이다. 이런 점에서 볼 때 '한 가지 덕목을 잘 실천하면 다른 것도 잘 할 수 있다'는 '일통일체통(一通一切通)'의 논리는 참으로 중요하다. 전후 일본이 '친절' '청결'을 덕목으로 세계에서 제일가는 예절의 나라가 되었다.

지금부터라도 질서를 앞세워 일상생활의 모든 일들이 바르게 처리되는 생활 질서와 공동체의식이 성숙되는 사회발전을 위해 청결 덕목과 약속 덕목을 생활화하는 국민 의지를 세워야 한다.

어떤 사람이 길가에서 죽은 고양이를 주워 묻을 데를 찾다가 아파트 화단에 묻었다. 어느 노인의 고발에 의해 경찰관이 다른 데로 옮겨 묻게 하였다는 이야기는 항상 남과 더불어 산다는 것을 잊지 말라는 교훈으로 여겨진다.

남과 나를 위해 약속을 실천할 때 오늘이 즐거워질 것이다.

법질서와 교통문화

4대 사회복지제도

미국은 특히 사회복지정책이 잘되어 있는 나라다.

여자 천국, 아이 천국, 노인 천국, 애완동물 천국으로 사회보장제도가 확립되어 있다. 나는 체류기간 동안 교육복지정책을 중심으로 많은 학교를 방문했다.

미국은 평생교육의 폭 넓은 실시와 함께 자유롭게 참여할 수 있도록 개방운영하고 있어서 외국인들도 얼마든지 무료로 공부할 수 있다.

가든 그룹의 노인복지회관과 플라톤 노인복지회관을 재미수필가협회장과 함께 들렀는데, 노인병 예방문제 해결, 식사문제 완비, 노인들의 여가선용 문제까지 국가에서 해결하고 있었다. 노인들에게 관광지, 공공기관, 전시회, 박물관 등의 할인, 무료입장이 되고 있었다. 그리고 동물, 특히 애완견을 위한 TV 채널과 교육, 홍보, 관리, 훈련, 우량종 선발대회는 물론 슈퍼마켓에도 애완견 코너가 마련되어 있다.

무엇보다 상대에 대한 배려와 봉사정신, 미소, 인사, 준법정신 등이 세계 제일이다. 어린이 보호는 부모의 철저한 책임 아래 지켜지고 있다. 미국에 체류하고 몇 달이 지난 어느 날, 구입한 물품에 이상이 있어서 교환을 위해 슈퍼마켓에 들렀다. 잠깐 다녀오느라 차 안에 초등학교 1학년과 3학년짜리 아이를 두고 왔는데 그 사이 어느 시민의 고발로 경찰이 출동했다. 아동학대죄를 적용하여 벌금과 45시간 자녀교육 명령을 받았다. 시민정신도 철두철미하거니와 법 준수와 사회질서, 그리고 아동보호에 특별한 복지혜택이 주어지는 것을 경험하기도 했다.

미국의 저력인 법질서

오늘날 세계를 제패하는 미국의 힘은, 내가 책임지며 내가 가꾼다는 지역사회 의식이라고 보았다.

노인들의 무료검진, 예방투약, 무료급식, 휴양지 콘도나 아파트 제공 등도 국가에서 맡아 이루어진다니 그야말로 노인들의 지상낙원이 미국이라고 생각하였다. 뿐만 아니라 남을 배려하는 마음이 우선임을 피부로 느낄 수 있었고, 전체를 위해서 나쁜 것을 고발하고 감시 감독하는 시민정신이 투철하다는 사실을 새삼 느꼈다.

우리는 어떠한가! 보복이 두려워 소매치기도 모른 체 해야 한다. 시민의식을 함양하여 개선될 때 바람직하고 건전한 사회질서 유지가 따를 것이다. 조그만 법 위반도 가차 없이 적용하는 미국을 보며 법에는 경중이 없음을 느꼈다. 우리처럼 이현령비현령식의 법 적용은 찾아볼 수가 없었다.

운전면허시험도 그러했다. 한국에서 온 운전면허 시험관이 세 번 만에 미국 자동차 운전면허시험에 합격되었다고 한다. 운전 능력이 부족한 사람을 합격시키면 다른 사람들에게 피해를 주기 때문이라는 것이 그들의 사고방식이다. 건널목에 스톱(Stop) 사인이 있는 곳에서는 3초간 완전 스톱 후 주행해야 한다든가, 파란불에 직진이지만 마주 오는 차가 없을 때는 언제든지 좌회전이 가능하게 하여 차량 정체를 예방하고 있었다.

어느 날 슈퍼마켓에 갔다가 4차선 도로를 따라 돌아오는 길에 차가 없는 골목길이어서 우회전하기 위해 차선을 바꿔 들어서는데 교통 위반했다며 벌금 물고 재판까지 받았다. 45시간 교통교육을 이수해야 하는 교통 안전법을 적용한 것이다.

다음 날 아침, 네거리 교통신호가 고장이 났는데 순경은 보이지 않았지만 자동차들은 차례를 지키며 질서정연하게 움직이고 있었다.

체험장과 자연보호

6월 중순 롱비치(Long Beach) 해수욕장에 갔다가 해변에서 바다 고동을 몇 마리 주웠다.

그때 해변을 지키던 공익요원이 달려와 바다에 놓아 주라고 명령을 하였다. 그 광대한 태평양 연안에서 게 한 마리, 고동 한 마리라도 주웠다가는 벌금 물고, 재판 받고, 교육 및 사회봉사 활동까지 받아야 하는 곳이 미국이다. 물론 허가 난 곳은 제외다.

이것은 자연보호만을 위해서가 아닌 법의 적용에는 역시 경중이 없다는 것을 보여주고 있다.

지역마다 산재해 있는 공원에 풀 한 포기, 나무 한 그루 훼손할 수 없도록 공익요원을 배치하여 감시 감독한다. 감시 감독자들은 대부분 공익요원이지만 그중에는 공무원이 되는 과정에 봉사활동 이수가 필수적이어서 이에 응하는 봉사자들도 있다고 한다.

문화유적이 산재해 있는 샌디에고(Sandiego) 발보아(Balboa) 공원, 욜바(Yorba)공원, 비치(Beach)공원 등은 지역마다 퓨전문화가 형성되어 시민들의 휴식처나 체험학습 장소로 손색이 없었다. 그들의 생활 중심에 스포츠가 있기에 건강과 즐거움이 있는 것 같았다. 미국인들은 스포츠를 중심으로 대화가 시작된다고 한다. 9회말 역전의 스릴을 보기 위해 어린이들과 함께 온 가족이 야구장에 온다.

엔젤스(Angels)구단과 타이거즈(Tigers)구단과의 시합에 표가 매진되어 4만5천 명의 관중들이 장사진을 이루었다. 주변 전체가 주차장이 되었고, 대회가 끝나는 시각에 맞추어 30분간의 불꽃 축포로 마지막을 장식했다.

자아정체성

'나는 누구인가!'

나를 아는 것은 쉬운 일이 아니다. 내가 누구인지 꼼꼼히 따져 보지 못한 채, 자아란 동적, 유동적이면서 피조물이라는 점이며, 창조의 주체요 상황 속에서 종속변인인 동시에 독립변인이라는 공감적 요지에서 나를 다시 되돌아보는 계기가 되었다.

자아란 나 자신이 나다운 모습으로 인정한 나일 때를 실체적인 삶에서 보는 것이다. 그러나 바쁜 현실에서 나를, 나의 모습을 찾는다는 것은 불가능한 일이어서 가끔 명상하는 것으로 대신한 다. 바른 자세로 나를 바로잡아 고른 호흡과 비운 생각으로 나를 보는 훈련을 하면서 스스로를 돌아본다. 따라서 나를 안다는 것 은 어려운 일이어서 그것을 알고자 나는 나의 소망과 능력과 일 에 대한 이야기로 풀어보려 한다.

나는 하루도 이기심에 빠져 있지 않는 날이 없었다. 그래서 나 는 자주 명상을 한다. 나의 소망은 별것 아니다. 질곡을 다스려 줄 수 있는 위안으로 자아 실현하는 일이다. 자세, 호흡, 생각의

3박자 속에서 고요하게 있으면 나의 본래 모습이 비쳐지고, 비로소 나를 보며 나를 이해시킨다.

아집과 잡념이 걷힌 후에야 의식의 수면 위로 자신의 이성과 감정과 욕망이 그 모습을 드러낸다. 일을 할 때는 그런 모습이 양심적으로 나타난다. 어떤 일이든 잡초의 근성으로 시작할 것이다. 일단 시작하는 것이 반이라 했다. 일이 진행됨에 따라 일의 진척이 도미노(Domino) 현상이 일어난다. 도미노 현상은 다시 눈덩이 효과(Snow effect)와 나비 효과(Butterfly effect)가 계속되어 계단의 원칙, 비움의 원칙으로 일을 계속할 수 있게 한다.

양심은 그래서 반짝이는 것이다. 맡은 바 일을 열심히 하는 사람이나 신념과 철학이 확고하면 양심적이라 해도 과언이 아니다. 양심은 새싹처럼 자라난다. 따라서 양심적인 삶이어야 한다.

내가 원하는 것이 무엇인지 알 수 있는 '소망'을 통해 나를 알 수 있고, 내 '능력'으로 할 수 있는 것이 무엇인지, 내가 할 일과 해서는 안 되는 일이 무엇인지를 알 수 있을 때 나는 '나를 안다'고 할 수 있다. 그런 일도 과정 없이 무작정 열심히 한다고 해서 다 이루어지는 것이 아니기 때문에 자기 자신에게 도취되어 결국 자기도 못보고 남도 잘 보지 못하는 경우가 생긴다.

나는 자아를 위해 일하는 사이에 명상을 같이하는 버릇이 있다. 그것을 보고 다른 사람들은 어빙하다고도 하고 '고민이 있느냐'고 묻기도 한다.

빨래할 때는 빨랫방망이로 두드리고 물에 헹구는 과정도 필요하지만, 불리는 과정도 거치는 법이다. 물에 담가 불려야만 때가 잘 빠지기 때문이다. 그 불리는 현상이 명상이다. 깊은 명상에 들면 마음의 때가 보여 참회의 눈물을 흘리게도 된다.

일 속에서는 주어진 일에 집착하지 않아도 안 되지만, 너무 집착하면 자신의 모습이 보이지 않는다는 것을 지금까지 해온 많은 일을 통해 알 수 있다. 항상 자문해 보는 하루, 나는 무엇이며, 지금 어디에 서 있는가를 돌아보는 버릇이 무엇보다 중요한 시대에 살고 있다.

'너 자신을 알라' 는 말을 되뇌이며, 나는 나를 돌아보기도 한다. 너인 나는 나의 본분과 사명, 그리고 분수를 지킬 줄 아는 나이기를 바란다.

복은 빚어 나가는 것

복(福)은 타고난다고 한다. 하지만 복은 빚어야 한다.

타고난 복도 제대로 누리지 못하고 사는 사람, 끊임없는 노력으로 복을 빚어 나가는 사람, 후자만이 행복을 추구하는 삶의 복이 될 수 있다.

행복을 운이나 복으로 해석하는 경우도 있지만 자기분수를 알고 삶을 사랑하는 것이라고 한다. 또한 하고자 하는 일이 성취되었을 때의 만족감이기도 하다. 그런데도 많은 사람들이 물질에만 치우쳐 자기 분수나 위치를 잊고 욕망을 절제하지 못해서 어려움을 겪고 불행해지는 경우가 많다. 물론 각박한 자본주의 사회에서 오늘을 살아가는 사람들의 가치관이 화려한 네온처럼 휘황찬란한 보수나 금전에 가 있기에 행복시수를 가늠하기 어려운 것은 사실이다.

흡족한 삶을 살려면 자기 분수에 맞는 생활로 인내로써 작은 복은 크게, 없는 복은 자기가 새로 빚어나가는 일이 중요하다.

행복은 개인적인 자기중심적인 느낌이라고 볼 수 있지만 '행복

추구'는 가족과 사회에까지 영향을 주어 모두에게 즐거움과 만족감을 느끼게 한다.

아들 셋을 두고 큰아들은 의사가 되어 가족 주치의가 되어주었으면 하고, 둘째 아들은 사업가가 되어 물질적으로 부족하지 않게 살 수 있었으면 하고, 셋째 아들은 법관이 되어 세상을 살아가면서 억울한 일에 해결사가 되어 주었으면 하는 총체적인 욕망을 가진 아버지가 있다면, 성취될 수 없는 욕망에 불과하다. 그러나 만약 그대로 성취되었다면 그것으로 행복할 수 있다. 그런데 행복 추구 쪽으로 보면 탐욕 부분이다. 그보다 기본욕구가 해결되고 내적인 만족과 평안이 참 행복임을 강조하면서 행복과 행복 추구, 그리고 복에 대한 생각을 정리해 보는 것도 삶의 의미부여라고 생각한다.

이와 같은 행복과 행복의 추구는 개인뿐 아니라 가족과 사회 전체에도 도움을 준다. 삶의 목표는 행복에 있는 것이다. 그래서 더 나은 삶을 추구하고 있는 것이며, 우리의 삶은 근본적으로 행복을 향해 나아가고 있는 것이다. 그 행복은 각자의 마음속에 있다. 분수를 아는 것도 마음이오, 욕망의 절제도 마음가짐에 따라 다르다.

사람은 마음의 수행을 통해 고통을 가져다주는 것들을 버리고 행복을 가져다주는 것들을 키우기 시작한다. 이것이 바로 행복에 이르는 길이기 때문이다.

첫 번째는 마음으로 얻는 행복이지만 그래도 기본적인 욕구해결이 전제될 때 의미가 있다. 두 번째는 주어진 일을 사랑하고, 그 일이 좋아 몰입하여 매진할 때다. 일을 사랑할 때 몰입이 오기 때문이다. 하고 싶은 일을 사랑할 때 오는 그 평안한 마음이 행복인 것이다. 그리고 어떤 사람을 사랑했을 때나 그 사랑이 이루어졌을 때 그 과정에서 느끼는 보람, 만족, 즐거운 감정이 행복인 것이다. 그리운 사람과의 행복한 생활은 확실한 판단에 의한 안정이 올 수 있다. 변하지 않는 생활이기 때문이다.

어떤 순간에 행복이나 불행을 느끼는 것은 상황을 어떻게 받아들이며, 자신이 가진 것에 얼마나 만족하는가에 달려 있다.

자신이 어떤 삶을 살게 될지 아무도 알 수 없다. 하지만 하루를 살든 100년을 살든 삶에 있어서 중요한 결론은 언제나 이것이다. 우리는 무엇을 위해 사는가! 삶의 의미가 무엇인가! 우리가 존재하는 목적은 행복에 있기 때문이다. 언뜻 상식처럼 들리지만 아리스토텔레스, 윌리엄, 제임스 등 서양의 사상가들도 그렇게 생각했다.

행복을 추구하는 삶이란 근본적으로 자기중심적이고 남들은 안중에 없이 자기만을 생각하는 이기적인 삶이 아닐까 생각할 수도 있다. 대답은 반드시 그렇지만은 않다는 것이다.

많은 연구를 통해 밝혀진 사실에 따르면 불행한 사람들이 훨씬 자기중심적이고 사회에서 외톨이가 되며, 나아가 비판적이고 적대적인 성격을 갖기 쉽다는 것이다. 이와는 반대로 행복한 사람들은 데게 친해지기 쉽고, 마음이 넓으며, 창조적이고, 나아가 불행한 사람보다 일상생활에서 느끼는 좌절감을 더 쉽게 극복한다는 것이다. 중요한 것은 행복한 사람이 불행한 사람보다 애정이 풍부하고 용서를 잘한다는 것이다.

심리학자들이 말하기를 행복한 사람들은 열린 마음으로 남을 도와주고 돈을 잘 빌려준다는 사실을 밝혔다. 따라서 삶의 목표는 행복에 있다는 것이다.

"행복을 발견하고 누구나 행복해질 수 있는가?"라는 질문에 달라이 라마는 "누구나 마음의 수행을 통해 행복을 발견할 수 있고, 노력을 통해 얻을 수 있다."고 답하였다.

우리가 살아갈 날들은 정해져 있다.

수만 명의 아이들이 세상에 태어나지만, 어떤 아이들은 며칠이나 몇 달밖에 살 수 없는 운명을 타고 나 안타까운 죽음을 맞는다. 반면 어떤 아이들은 100년 이상 장수하는 운명을 타고 나 승리, 좌절, 기쁨, 미움, 사랑 등 삶의 온갖 것들을 두루 맛본다. 이처럼 운과 복은 기본적으로 타고 난 것으로 살아간다고 볼 수 있다.

복은 한약방에 주렁주렁 매달아 둔 약봉지처럼 크고, 작고, 많고, 적은 역할을 한다고 볼 수 있다. 작은 복을 지니고 태어난 사람은 노력으로 복을 빚어 나가면서 살아가야 하고, 큰 복도 노력하여 가꾸지 않으면 있는 복도 활용을 못한 채 불행하게 된다는 것이다. 그러므로 나서 죽을 때까지 주어진 일에 몰입하면서 자아실현에 다다르기 위한 숱한 시련을 극복해가면서 어려움을 인내하고 성취해 가는 것이 행복이다. 행복을 추구해 나가는 삶 자체가 행복이라는 것이다.

운명은 개척해야지 저절로 오는 것이 아니라는 생각이다. 과학이나 미신으로도 풀 수 없는 운이 인간에게 그대로 적용됨을 보고 운과 복은 같은 선상에 놓여 있는 듯하다. 사람들에게 기본적으로 주어진 운과 복이 각양각색이어서 고르게 누리고 살 수는 없다는 것이다.

저 사람은 무슨 복으로 저렇게 행복하게 살까? 사람에 따라 행실에 복이 있어서, 음식을 복스럽게 먹어서, 손이나 머리에 복이 있어서 잘산다고 한다. 제 복으로 사는 사람, 남의 복을 빌어서 잘 사는 사람 등 천차만별이다. 큰 병에 걸린 사람은 평범한 일에 더 많이 감사하는 마음을 가질 수 있어 행복의 중요함을 깨달을 수 있다는 것이다. 행복은 바깥에 있지 않고 마음 안에 있는 것이다. 달라이 라마는 고요하고 평화로운 마음을 가질 때 행복하고 즐거운 삶이라 했다.

행복한 삶을 부유하고 성공한 사람 쪽에 두면서 쾌락과 혼동하는 경우가 많으나, 진정한 행복은 기본적 욕구가 이루어지고 마음이 평안하고 만족할 때이다. 이때 만족은 육체적 쾌락이 아닌 내면의 쾌락이라 할 수 있다. 그 쾌락은 순간적인 것이 아니라 영원하고 지속적일 때를 말한다. 여기에는 마음의 수행이 따라야 하는데 수행이란 긍정적인 생각을 키우고, 부정적인 생각을 물리칠 때 가능하다. 가끔 "나는 행복한 사람인가?" 하는 철학적인 질문을 스스로에게 던져보는 것도 행복한 삶의 중요한 방법일 수 있다.

결국 행복이란 마음과 생활이 만족하고, 삶이 즐겁고 포근한 것이다. 그것은 삶의 목표가 행복이기 때문이다.

남에게 자신이 가진 것을 베풀면서 행복해하는 사람, 남의 것을 빼앗아 자기 것으로 만족해하는 행복도 있다지만, 전자를 택해야 오늘을 살아가는 사람들이 행복할 것이다.

삶의 덕목

오늘을 살아가지만 스스로를 모르고 살아간다.

유치원 다니는 아이에게 간단한 심부름을 시키려면 대뜸 바빠서 심부름을 할 수 없다고 한다. 유아들도 바쁘다는 세상에서 우리는 살아가고 있다. 사회가 복잡하고 어지러울수록 자기를 돌아보는 자기 정체성을 지니고 살아야 한다는 생각이 든다.

하루를 살아도 보람 있게 살아야 하고, 삶의 질을 높여 나가는 삶이어야 한다. 그러기 위해서는 행복하고 즐거운 생활을 가꾸어나가는 노력을 경주해야 한다. 그것이 가족을 위한 것이든 자기를 위한 것이든 같은 선상에서 보아야 할 것이다.

그 어느 때보다 깨어있는 삶이 요구되는 시대를 살아가고 있다 해도 과언이 아니다. 빠른 정보, 다양한 지식을 지니는 데 게을리하지 말고, 이웃을 알고 자기 자신을 알고 다른 사람들을 배려하면서 살아가는 것이 중요하다.

특히 마음속의 세 가지 불을 다스리며 살아야 한다. 첫째 불은 '탐욕'이다. 바다는 메울 수 있어도 사람의 욕심은 메울 수 없다고 한다. 많은 사람들이 욕심 때문에 싸우고, 괴로워하고, 자제하지 못하는 것이다. 그럴 때마다 내 이웃을 알고 사랑하며 같이 살아간다는 마음가짐이 중요하다.

둘째 불은 '질투'이다. 조그만 일도 시기하는 것은 남자나 여자나 마찬가지다. 욕구충족이 되지 않더라도 분수에 맞게 자제하며, 긍정적인 마인드를 가지고 살아갈 수 있는 삶의 자세가 중요하다.

셋째 불은 '교만'이다. 이기심으로 나타나는 자기밖에 모르는 사고이다. 우리 주변에 팽배해 있는 이기심은 공동체의식이 필요한 사람들에게 치명적인 마음가짐이다. 자기 잘못도 남의 탓으로 돌리는 나쁜 마음의 불이므로 발붙일 수 없게 스스로를 다스려야 한다. 그러한 삶도 건강이 우선되어야 한다.

오랫동안 암 환자들을 간병하던 간병사가 600여 명의 암 환자들에게 "지금까지 살아오면서 일생에 한으로 남는 것이 있느냐?"고 물었더니, 앞에 언급한 세 가지 마음의 불을 다스리지 못해서 한이 되었다는 것이다.

이렇듯 많은 사람들이 일에 집착한다고는 하지만 최선을 다한다는 생각이 희박하고, 오직 눈앞의 이익에만 급급하여 일확천금을 노리다가 건강을 챙길 겨를도 없었던 것이다. 어떤 욕심이건 분수에 넘칠 경우 건강을 잃는다는 너무나 기본적인 것을 외면했던 탓이다.

인생은 장거리 마라톤이다. 삶의 길목마다 즐길 수 있는 여유를 지닐 때 건강이 찾아오고 기쁨이 생기는 것이다. 마음가짐이 바르지 않아 도덕심이 해이해졌을 때도 남을 의식 못하는 것이

사람이다. 남에게 베푼다는 것은 봉사한다는 것이다. 마음이나 물질, 어느 쪽이건 베풀 수 있는 일이지만 많은 사람들이 외면하고 있다. 베풀고자 하는 마음이 결여되어 있으므로 이 덕목을 실천하는 것만으로도 바른 삶이다.

역사의 한 정점에 놓았을 때 미미한 점에 불과한 우리의 삶, 그것도 백년을 못 채우는 것임을 잊고 살 뿐이다.

동심(童心)과 교육애(敎育愛)로 짠
인생 목리문(木理紋)

鄭 木 日
(한국수필가협회 이사장. 한국문협 부이사장)

1. 수필은 인생의 발견이며 깨달음의 꽃

수필을 쓰려면 마음속에 샘을 파두어서 맑은 샘물이 뿜어 올라야 한다.

정화수(井華水)로 마음을 씻어내 투명하게 해놓아야, 생각이 막히지 않고 뿜어 오른다.

수필의 바탕은 진실과 순수이다. 부단히 마음의 때와 얼룩과 먼지를 닦아내야 한다. 마음의 연마, 인생의 연마가 있어야 제 모습을 들여다 볼 수 있다.

수필쓰기는 진실의 숨결, 인생의 발견, 미학의 창조, 의미의 부여가 아닐까. 스스로 한 송이씩의 인생이라는 의미의 꽃을 피워내는 일이다. 수필쓰기는 일상 중에서 의미의 금싸라기를 찾아내는 일이다.

수필의 소재는 신변잡사일 때가 많다. 사람들의 일상은 대개 특별하거나 화려하지 않고, 평범함, 무 변화, 사소함 속에 있다. 신변잡사를 소재로 할 때는 생활경험의 금싸라기이어야 한다. 피천득은 「순례」라는 작품에서 "문학은 금싸라기를 고르듯이 선택된 생활 경험의 표현이다. 고도로 압축되어 있어 그 내용의 농도가 진하다."라고 했다. '생활 경험의 금싸라기'를 골라내는 인생적인 안목이 필요하며 마음의 경지가 있어야 한다.

마음의 눈이 밝아야 인생의 발견과 의미를 캐낼 수 있다. 수필은 상상을 통해 꾸며내는 세계가 아니라, 체험을 통해 인생의 가치와 아름다움을 찾아내는 세계이다.

수필은 체험의 기록이 아닌, 체험을 통한 인생의 해석이요 의미 부여이다. 체험을 바탕으로 사상, 철학, 인격, 미의식, 사색이 합해져야만 개성과 창조성을 보여준다. 수필이 사실을 근거로 형상화 되지만, 각자의 개성과 인생에서 얻어진 발견과 깨달음으로 이뤄짐으로 독창성을 지닌 문학이다.

2. 동심을 통한 마음의 정화

원로 동시인(童詩人)이자 초등교육자인 이창규 아동문학가가 수필집『내 안의 행복』을 상재한다.

평생 동안 초등교육과 이동문학에 헌신해 온 70대 중반의 교육자이며 문학가인 저자가 수필집을 상재하는 것은 남다른 의미를 지닌다. 일생의 정리 작업과 영원화 작업이라고 해도 좋지 않을까 싶다. 수필은 체험을 통한 인생의 발견과 깨달음의 꽃을 피워내는 것으로써 자연스럽게 일생을 기록함과 동시에 기록만으로 그치는 게 아니라, 삶에 대한 성찰, 의미와 가치를 부여하는 작업이다. 이런 과정을 통해서 인생적인 정리와 함께 삶의 의미와 진면목을 드러내기 마련이다. 한 권의 수필집은 시, 소설, 희곡 등의 픽션류의 문학과는 달리 사실을 토대로 삶의 진실을 보여주는 '자화상' 같은 글이므로 작가의 삶과 인생을 그대로 비춰주는 거울과 다름없다.

그러므로 수필집 한 권을 읽으면 작가의 삶과 가치관, 사상, 철학, 인격, 미의식, 심지어는 취미, 개성, 버릇까지도 알게 된다. 이창규의 이번 수필집은 인생의 궤적과 삶의 모습을 진솔하게 보여주는 거울일 뿐 아니라 애환, 정서, 소망, 바램 등 인간사의 모습을 비춰 보인다.

이창규 작가는 평생 동안 천직인 교직과 아동문학의 길을 걸어오면서 얻어 낸 삶의 금싸라기들을 이 수필집에 담아 놓고자 했다. 삶에 대한 성실성과 진정성을 보여준다.

이창규 작가의 일생을 관통하는 주제어(主題語)는 '교육'과 '동시(童詩)'이다. 삶의 씨줄이 '교육'이라면 날줄은 '동시'이다. 순진무구한 동심(童心)에 꿈의 씨앗을 심어주고자 노력했다. 또한 교육자로서 어린이들에게 올바른 정신과 삶의 길을 가르치려고 심혈을 기울였다. 이번 수필집은 저자의 평생 주제어인 교육과 동시문학을 아우르는 '교육애'로 살아온 자화상을 보여주고 있는 점이 선명하다.

삶 자체가 맑고 진실하다. 평생 동안 어린이의 마음으로 동시를 짓고 천진한 어린이와 소통하며 대화를 나눈 동시인의 맑은 마음이 비쳐져 있다. 천성이 맑음으로 티끌 하나 없는 평온한 표정을 가졌고, 아동 교육에 앞장서서 교육애를 불태울 수 있었다.

수필의 진면목을 보이려면 무엇보다 마음의 연마가 필요하다. 마음이 청결하여야만, 평온이 깃들고 자신의 참모습을 수필로서 드러낼 수가 있는 법이다. 마음이 맑고 깨끗해야만 문장도 맑고 청신해지며, 인격에서 향기가 나야 문장에서 향기가 나는 법이다. 저자는 평생 동안 어린이와 함께 지내면서 동심 속에 살았기에 누구보다 맑은 마음의 경지를 갖고 있다는 점이 진실을 추구하는 수필문학과도 맥락이 닿아있다.

3. 생활인의 행복론

많은 사람들이 사랑과 행복을 동시에 얻겠다고 염원하고 있다.

나는 항상 복을 타고났다고 하기도 하고, 끊임없는 노력으로 복을 빚어 나가고 있다고 생각한다. 또 사랑과 복은 항상 낮은 곳에서 기다리는 사람에게 온다고 믿고 있다. 행복이나 사랑은 거저 주어지는 것이 아니요, 끌어당긴다고 오는 것도 아니며, 돈으로 주고 살 수 있는 것이 아님을 알면서도 많은 사람들은 삶의 목표로 바라고 산다.

사랑과 행복을 거론할 때는 먼저 내 자신을 돌아보곤 한다. 그때까지 자신을 모르고 있다가 나의 사명과 본분, 그리고 분수를 낮은 곳으로 내려놓고 '오늘'에 최선을 다한다. 거기에서 사랑과 행복이 싹트고 출발된다고 보기 때문이다.

자문자답으로 내가 해야 할 일이나 하는 일이 분수에 넘치지 않고 적합한 것인지 알아보고 대처한다. 그것이 무엇보다 나를 사랑하는 일이다. 자기 자신을 사랑한다는 것, 그것이 에고(ego), 즉 자기 사랑이다. 이 세상에 오직 하나뿐인 자기 자신이 너무나 소중하기 때문이다. 그 소중한 나를 먼저 사랑하지 않고는 남을 사랑할 수 없으며, 나를 먼저 이해하고 용서할 줄 모르면서 남을 이해하고 용서할 수 없는 일이다. 분수를 내리는 것은 사랑과 행복이 높고 고상한 곳에 있는 것이 아니라 내 가까이에 존재하는 것들이고, 너무 흔해서 하찮게 여기는 지극히 작고 보잘것없는 것에 있다고 믿기 때문이다.

분수를 알고 눈높이를 낮추고, 항상 마음을 열고 진정으로 받아들이면서 삶을 사랑하는 것이 행복이라고 여긴다. 하고자하는 일이 성취되었을 때의 만족감이기도 하지만 많은 사람들이 물질에만 치우쳐 자기 분수나 위치를 잊고 욕망을 절제하지 못해 불행해지는 경우가 많은 것이 안타깝다.
　　　　　　　　　　　　　　　　　　 -「내 안의 행복」 일부

　「내 안의 행복」은 저자의 인생관을 보여준 작품이다. 삶을 통한 발견과 깨달음을 보여준다. 인간은 누구나 크고 원대하고 아름답고 귀한 것을 바라고 얻으려고 한다. 부귀공명을 바라는 것은 인간의 속성이 아닐 수 없다. 행복이란 원대하고 남다른 데서 찾는 것이 아닌, 일상의 평범함과 사소한 삶 속에서 자신이 발견하여 꽃 피우는 것임을 자각하여야 얻을 수 있는 열매이다.
　'사랑과 행복을 거론할 때는 먼저 내 자신을 돌아보곤 한다. 그때까지 자신을 모르고 있다가 나의 사명과 본분, 그리고 분수를 낮은 곳으로 내려놓고 오늘에 최선을 다한다. 거기에서 사랑과 행복이 싹트고 출발된다고 보기 때문이다.'
　저자는 사랑과 행복에 대한 끊임없는 집착과 추구에 대해, '먼저 자신을 돌아보고. 자신의 분수를 낮은 곳으로 내려놓고 오늘에 최선을 다한다.'고 토로한다. 삶에 대한 성찰과 발견을 통한 깨달음이 아닐 수 없다. 겸허함과 분별심은 마음의 관조를 통한 자각에서 비롯된 것임을 알 수 있다. '분수를 알고 눈높이를 낮추고 항상 마음을 열고 진정으로 받아들이면서 삶을 사랑하는 것이 행복이라고 여긴다'는 삶의 지혜는 독자들의 삶에도 도움을 주리라 생각한다.

　친구나 동료들의 우정에서, 남을 배려하고 베푸는 인정에서, 귀여운 자녀들을 사랑하는 자애에서, 아기와의 눈맞춤으로 화사하게 웃는 모습에서, 깔깔거리는 어린이들의 웃음에서, 꼬맹이들의 인사에서 나는 사랑과 행복을 느낀다. 뿐만 아니라 패기 넘치는 청소년들의 선행, 안내원들의 밝은 미소와 인사, 의사나 간호사들의 밝은 표정, 예의바른 사람들의 공손한 행동, 봉사활동에서 땀 흘리는 모습이 흐뭇하다.

자연의 아름다움에서도 나는 행복을 느낀다. 낮은 곳으로 쏟아지는 폭포수, 맑은 물을 흐려질까 손을 씻지 못하고 그냥 보고만 돌아온 백두산 천지의 물, 온 세상이 환하게 하얗게 눈을 덮어 쓴 설경, 모두 나에게 행복을 느끼게 해주는 것들이다. 행복은 바깥에 있지 않고 마음 안에 있는 것이다. 고요하고 평화로운 마음일 때를 행복하고 즐거운 삶이 되는 것이다.

사치한 생활 속에서 찾으려고 하거나, 멀고 높은 곳만 바라보면 행복을 찾기 어렵다. 행복을 쾌락과 혼동하는 경우가 많지만 진정한 행복은 기본적 욕구가 이루어지고, 마음이 평안하고 만족했을 때이다. 이 만족은 육체적 쾌락이 아닌 내면의 쾌락이라 할 수 있다. 그 쾌락은 순간적인 것이 아니라 영원하고 지속적일 때를 말한다. 여기에는 마음의 수행이 따라야 하는데, 긍정적인 생각을 키우고 부정적인 생각을 물리칠 때 가능하다. 가끔 '나는 행복한 사람인가?' 하는 질문을 스스로에게 던져 보는 것도 행복을 찾는 방법이 될 것이다.

결국 행복이란 자기 수준에서 만족하고, 남에게 베풀면서 행복해하는 사람이다. 나는 항상 내 가까이에서 행복을 찾거나 느낀다. 내 눈높이에 맞추는 행복으로 오늘을 살아가는 것이다.

–「어떻게 살아갈 것인가」 일부

「어떻게 살아갈 것인가」는 저자의 소박한 행복론을 보여준 글이다. 저자는 삶의 방법과 목적에 있어서 '행복'에 대한 개념과 가치를 말하고 있다. 혼자만의 기쁨과 성공에서 오는 쾌감이나 자부심. 우월감이 아닌 서로 함께 나누는 순수한 마음의 교류에서 오는 행복론을 펼치고 있다. 우정, 인정, 자애, 아기와의 눈맞춤, 어린이의 웃음, 꼬맹이들의 인사, 청소년들의 선행, 안내원들의 미소, 의사나 간호사들의 밝은 표정, 공손한 행동, 봉사활동에서 땀 흘리는 모습에서 행복을 얼굴과 미소를 만난다. 또한 자연의 아름다움에서, 남을 위한 배품에서 행복의 체온을 느끼고 있다. 동심으로 평생을 살아온 저자에게 삶에 대한 발견과 깨달음이 행복의 길과 슬기를 터득하게 된 것이 아닐까 한다. 평범하지만 심오한 삶의 순리와 미소를 보여준다.

우리 부부는 서로 다른 환경, 풍습, 가풍, 개성, 취미 등에서 오는 갈등으로 항상 노력하지 않으면 행복한 생활이 어렵다는 것을 느끼며 살아왔다. 때때로 일어나는 의견충돌은 무남독녀의 자기중심적인 성격 차이의 조정, 인격존중으로 갈등을 해결하지 못하면 의욕과 즐거움이 있을 수 없다는 것을 느끼며 항상 관심을 가져 왔다.

우리 부부는 살아가면서 부모, 친정, 시가, 고부, 동서 순으로 일어나는 의견 다툼이나 갈등을 체크하며 하나씩 삭제해 나가도록 의논하고 노력해 왔다. 작은 일이나 큰일에 관심을 갖는다는 생각으로 서로 챙길 때 갈등이 축소되는 것일 뿐 완전히 해소되기는 어려웠다. 일심동체란 사실은 이루어질 수 없는 것이라 생각하였다. 관심이 없으면 보아도 보이지 않고, 들어도 들리지 않는다는 말이 우리 부부에게만 적용되는 것은 아니다. 일심동체에 근접할 수 있도록 노력하는 관계일 따름이지, 서로 개성이 다른 개체를 한마음 한 몸이 되게 할 수는 없는 것이다.

부부 사이에는 가정과 가족, 자녀와의 상호관계가 들어 있어서 협동하지 않으면 같은 선상에 세울 수 없고 건강할 수 없다. '세상을 모두 잃어도 돌아갈 가정이 있는 사람은 다시 찾을 수 있으나, 세상을 모두 얻은 사람도 돌아갈 가정이 없다면 얻은 세상을 둘 곳이 없다고 했다. 그렇게 보면 부부와 가정은 일체라고 할 수 있다.

인격 존중은 조그만 것에서부터 큰일에까지 영향을 준다. 서로 공경하고 존중하자면 부부는 마치 거울 같아야 한다. 잘 닦아야 서로 진실을 볼 수 있는 위치에 설 수 있다. 부부에게 항상 신혼만 있을 수 없다. 실체 그대로 창조적 사랑의 기술을 생산하고, 관리하고, 조율하는 책임을 사랑 속에서 찾아야 할 것이다.

부부 사이에 평등이 무엇인가. 남편이 할 일, 부인이 할 일을 구분하지 않고 나누어 한다든지, 자율 속에서 존중하는 것이 평등이라고 생각하면서 실천하고 있다. 그것이 바로 협동이고 상부상조이다.

－「우리 부부」 일부

행복한 삶을 갖기 위해서는 무엇보다 가정의 평화가 근본이며 그 핵심에는 부부의 원만한 간계가 유지돼야 함은 누구나 알고 있다. 화목한 가정의 비결은 부부간의 서로 다름과 이해가 상충돼 있음을 알고 조정과 배려를 통한 협조를 얻어내는 데 있다. 이를 위해서 일방적인 고집과 주장보다는 역지사지(易地思之)로 생각해 보는 데시 찾을 필요가 있다.

'우리 부부는 살아가면서 부모, 친정, 시가, 고부, 동서 순으로 일어나는 의견 다툼이나 갈등을 체크하며 하나씩 삭제해 나가도록 의논하고 노력해 왔다.'는 것은 부부 간의 갈등이나 감정 해소만이 아닌, 부부의 삶과 연관돼 있는 가족 간의 여러 문제 해결에 있어서도 원만한 화합과 안정을 얻어낼까를 걱정하면서 화해와 배려의 길을 모색함을 보면서 삶의 지혜와 미소를 느끼게 한다.

행복이란 먼 곳에 있지 않고 우리 삶의 곁에 있으며, 사소한 가족 간의 갈등과 이해 부족에서 오는 것임을 깨닫고 있으면서도 배려와 화해의 손길과 마음이 잘 뻗히지 않음을 느낀다. 저자는 망각하거나 대수롭게 생각할 수 있는 가족 관계나 갈등에 대해 면밀한 관심과 노력으로 사랑의 숨결을 불어넣어 행복을 꽃피우려는 노력을 보여준다. 행복은 나만이 지닐 수 있는 게 아니라, 부부와 가족이 함께 행복해져야 가능함을 알려준다. 행복의 방법에 대해 추상적이고 관념적인 설명이 아니라, 구체적인 삶의 지혜와 방향을 알기 쉽게 자신의 삶에서 터득한 비법을 알려주고 있다는 점에서 공감을 갖게 한다.

4. 노년기의 인생적인 발견과 의미부여

미래의 내 모습을 일, 봉사, 여가 선용의 3원 구조로 설계하였다.

3원 구조의 구체적인 계획을 제시하여 미래를 유추해 보는 그림은 꿈을 실천하는 바탕으로 삼았다.

먼저 일의 개념을 노동에만 국한시키지 않고 강의와 더불어 독서와 작품 창작을 포함시켰다. 정규 강의는 일주일에 4시간, 노동일과 구분하여 계획을 세워 실천하고 있다.

노동활동을 통해 몸을 움직이고 심취할 수 있는 수종재배 농장을 구입하여 경영하고 있다. 텃밭이나 주말농장도 좋겠지만, 수종재배 농장을 택

했다. 국가에서 수종 개량을 권장하고 있는 터라 손쉽게 마련할 수 있었다.

(중략)

나는 수목농장에서 나무를 돌볼 때마다 작품을 구상하곤 하는데 나무를 가꾸는 일이나 작품을 쓰는 일이 별반 다를 바 없기 때문이다. 예를 들어 '나무'란 시 한 편을 순산하기 위해서는 작가들은 가슴속에 수천 그루의 나무를 심어야 한다.

글을 쓰면서 강의도 할 수 있는 것이 미래의 활동에 좋은 설계 자료가 되었다. 자연과 같이하는 시간이 자아성찰이나 영혼정화에 도움이 크다는 것을 오래 전부터 알고 있기에, 강의가 계속되고 나무가 무럭무럭 자라는 것이 내 모습이 되고 있다.

다음 계획은 남을 위하고 배려하는 일이다. 남에게 베푸는 일은 보수에 연연하지 않을 때 진정한 봉사활동이 이루어진다. 그 시간만큼 행복하고 보람된 일은 없다고 믿고 있다. 이러한 일은 매일을 즐겁고 감동으로 살아가게 한다.

은퇴해서 그런 일을 찾은 것이 8년째 동대표(거주지 아파트 동대표 감사)* 역할에 관여하는 것이다. 매월 한두 번 진지한 협의를 통해서 이웃과 주민을 위해 문제를 해결하고, 봉사하고 관리하는 일을 할 뿐만 아니라 면(面) 지역발전협의회 이사로서 지역사회에서 일어나는 문제 해결에 동참하고 있다. 하천 오염이 있을 시에는 즉각 신고를 받아 관계부서에 연락하여 처리하고, 오폐수 문세 해결, 문화 예술작품 활동, 면민의 날 등을 통하여 상부상조 참여한다. 다문화가족과 경로회원 한글 지도, 교육과 선진 문화에 관한 담화, 마을 학숙 운영 등 강의가 없는 날 틈틈이 봉사활동을 계속하고 있다. 오늘을 즐겁게 맞이할 때 정체성이 확립되어 자신이 한 일에서 보람을 찾고 인간관계가 형성되는 것이다.

봉사하면서 자신을 돌아볼 수 있는 계기가 되어 보람 있는 모습으로 미래를 내다보게 될 것이다. 그리고 자기를 사랑할 줄 알아야 한다. 자기를 사랑하지 않고는 남을 사랑할 수 없으며, 자기를 모르고는 남을 이해할 수 없기 때문에 베풀면서 이해와 용서를 앞세울 때 즐거운 일과 봉사가 여가선용으로 이어질 것이다.

ー「어떻게 살 것인가?」 일부

이창규 작가의 교직에서의 은퇴이후 노년기 삶의 설계와 개척에 대한 노력은 노년기를 맞고 있는 사람들에게도 공동관심사이다. 100세 시대라고 말하는 오늘날에 노년기의 삶의 설계는 인생의 질과 가치를 좌우하며 인생을 완성시키는 일이 아닐 수 없다.

저자는 초등교육자로서 교직을 떠난 이후에도 어린이들을 위해 동시를 발표하고, 대학 강단에서 어린이교육에 대한 강의를 통해 교육과 문학에 모든 노력을 다하고 있다. 교직생활에서 익힌 규칙적인 생활과 교육애를 실천하고 있다. 이를 통한 인생의 의미와 가치를 꽃피우기 위해 노년기의 생활 설계 마련과 실천이 필요함을 절감하고 있다. 노년기는 어느 때보다 시간의 허비가 없는 알차고 의미 있는 하루하루가 돼야 한다. 저자는 이를 절감하면서 자신에 알맞은 인생 설계를 만들어, 치밀하고 의미 있는 시간의 운영을 통해 삶의 가치를 높이려는 자의식을 보여준다.

모범적인 노년기의 삶을 제시하는 한편, 종전까지 여생을 편히 보내자는 의식으로부터 벗어나야 함을 말해준다. 노년기엔 더욱 알찬 생활의 설계를 통해 인생의 재충전으로 완성에 이를 수 있게 최선을 다해야 함을 알려준다.

「어떻게 살 것인가?」는 노년기를 비롯한 많은 사람들에게 자신의 삶에 대한 성찰과 분석을 통해 인생의 설계와 실천이 필요함을 제시해 준다. 사람마다 능력과 사명에 따라 자신과 사회를 위한 일과 봉사를 펼쳐야 함을 알려준다. 저자는 이번 수필집을 통해 노년기에 대한 삶의 발견과 창조적인 해석과 미래를 보여준다.

5. 창조적인 삶과 미래 지향성

노년기를 맞은 은퇴자들이 평생교육을 통한 삶의 재무장과 인생적인 의미 부여와 깨달음의 꽃을 피우려는 자의식이 드러나는 것은 매우 바람직한 일이다. 노년기에 낸 수필집을 보면 다분히 인생 체험을 바탕으로 시간 경과에 따라 쓴 자서전적인 요소의 수필들이 많음도 그런 까닭일 것이다. 자서전은 인생 일대기여서 기록성이 농후한 글이다. 수필은 이와는 달리 체험을 통한 인생의 발견과 의미를 깨달음으로 꽃피워낸 글이다. 수필은 체험의 서술만으로 그쳐선 안 된다. 체험을 바탕으로 하되 작자의 사상, 철학, 인격, 미학, 인생관 등에서 맛, 멋, 미, 흥이 어우러지고 인생의 발견과 깨달음이 감동으로 이어져야 좋은 수필이랄 수 있다.

저자의 이번 수필집은 인생을 관통하는 두 수제어 '초등교육' '아동문학'의 세계 속에서 살아온 삶의 표정과 궤적을 보여주고 있다. 그 삶의 자세와 감동은 동심으로 어린이들의 꿈을 신장시키고, 잘 자랄 수 있는 사회 환경 조성과 더불어 국가 민족을 위한 마음으로 일관하고 있다. 평생을 어린이들을 위한 일에 바쳐온 저자의 맑고 천진한 의식이 도도히 흐르고 있다. 정신과 실천, 교육애의 전개 등으로 저자의 인생적인 모습과 체취가 선명하기에 문학성과 문장력 등이 다소 묻힌 듯한 느낌을 받는 것도 사실이다.

이창규 작가는 이번 수필집을 통해 두 가지 인생적인 전기를 마련하고 있음을 본다. 하나는 70대 중반까지의 인생적인 삶의 정리 작업이다. 또 하나는 노년기의 새 설계를 통한 새로운 인생의 시발을 보여주고 있다. 인생 마무리가 아니라 새로운 설계를 통한 노년기의 창조라는 데 큰 의의를 부여할 수 있다. 노년기의 시간은 죽음을 기다리는 무의식적인 것이 돼선 안 된다. 노년기의 시간은 한 순간이 황금의 시간임을 절감하지 않으면 안 된다. 노년기의 새로운 인생 창조를 위해서 면밀한 인생 설계에 따라 삶을 전개시키는 저자의 의식과 실천은 노년기를 맞는 많은 사람들의 모범이 될 만하다.

> 미래의 내 모습을 일, 봉사, 여가 선용의 3원 구조로 설계하였다. 3원 구조의 구체적인 계획을 제시하여 미래를 유추해 보는 그림은 꿈을 실천하는 바탕으로 삼았다.
> 먼저 일의 개념을 노동에만 국한시키지 않고 강의와 더불어 독서와 작품 창작을 포함시켰다. 정규 강의는 일주일에 4시간, 노동일과 구분하여 계획을 세워 실천하고 있다.
> ─「어떻게 살 것인가?」 일부

저자는 미래의 설계에서 자신만의 삶에 가치를 두지 않고, 봉사를 통한 사회 기여에 참여하고 있으며, 여가 선용을 통한 인생의 질을 높이려는 노력도 병행하고 있다. 강의와 더불어 독서와 창작에도 노력을 보일 것임을 다짐하고 있다. 나무는 일 년마다 자신의 삶을 뭉뚱그려 한 줄의 무늬로써 가슴에 아로새긴다. 나이테는 나무가 일 년마다 자신의 삶과 생각들을 압축하여 한 줄씩의 무늬로서 남겨놓은 기록이다. 백 년 수령의 나무는 백 줄의 나이테 무늬로서 일생의 체험과 삶의 발견과 깨달음과 아름다움을 목리문(木理紋)으로 남겨 놓는다. 이 목리문 속에는 사철의 모습과 체취가 들어 있고, 해, 달, 별의 말들과 바람의 촉감과 비의 목소리가 들어 있다. 이창규의 이번 수필집 『내 안의 행복』은 그가 일생의 삶으로 짜놓은 목리문이 아닐 수 없다. 그 목리문에는 인생의 성찰, 희비애락, 발견, 깨달음, 아름다움이 깃들어 있다. 노년기의 대한 진지한 탐색과 각오로써 노년기의 새 설계가 포함되어 있다. 너무 성실하고 모범적이어서 오히려 인생적인 체취와 마음이 덜 묻어나는 점도 있지만, 항상 최선을 다하고자 하는 인생 모습과 마음이 공감의 세계로 이끌고 있다. 이 수필집은 한 교육자이며 아동문학가의 일생을 담아낸 귀중한 인생 목리문이다. 그 속엔 일생의 발견과 깨달음으로 얻은 의미의 빛깔과 향기가 있다. 한눈팔지 않고 외곬 인생길을 걸어온 성실하고 진실한 삶의 표정과 사랑이 담겨 있다. 동심과 교육애로 피어낸 인생의 향기가 있다.

우리가 살아갈 긍정적인 제시와 메시지가 있다.